解闷儿

张辰亮 散文集

张辰亮 著

台海出版社

目录

自序 —— 001

少年游

南锣鼓巷的猴 —— 009

逮蜻蜓发微 —— 016

奥林匹克池塘 —— 028

寻找李建国 —— 036

喝水的大队委 —— 046

1999年南口上空 —— 052

鼻血与我 —— 058

尘世间

双节棍习练史 —— 065

31 岁男人的翻斗乐 —— 074

自行消失的自行车 —— 080

开飞碟的出租司机 —— 088

中轴线桃花源记 —— 094

江湖远

后河的春天很晚 —— 105

青海的茶、肉和面 —— 118

海南雨林二三事 —— 126

墨脱奇闻 —— 136

喀什与北京之异同 —— 148

云南吃饭的乐子 —— 156

老头儿

姥爷的花盆 —— 169

爷爷 —— 174

小活物

各地的桂花 —— 187

红观音竹 —— 196

花叶垂榕 —— 200

在北京养兰花 —— 206

养小虾 —— 216

白色京巴 —— 224

感谢的话 —— 228

自 序

这是我出的最没底的一本书。

之前出的都是科普书,我的本行。我知道怎么写算好,怎么写算不好。但这本是散文集,就不好说了。你说我怎么会出了个散文集呢?

人人爱看散文的时代似乎过去了。我小时候爱看周作人、丰子恺、毕淑敏、冯骥才、汪曾祺的散文。短小精悍,随拿随看,有妙趣在其中。其中汪曾祺对我影响最大。他的散文抛弃了一切辞藻,就像把聊天的话录下来转成文字,但好就好在这儿。我自己写文时,也受其影响,琢磨着怎么用大白话写文章,而不是书面话、文学话、官话、套话。

我做过杂志编辑、微博运营、短视频创作者，这三个职业使我养成了惜字如金的习惯。杂志编辑最基本的技能就是删字，五千字的文必须删成两千，要不然版面登不下。时间一长，就知道哪些话是多余的了。管微博时，必须在转发的140字里回答网友的提问、鉴定物种、说出物种的知识点，再来个小幽默，还得给网友留出转发的字数。这样能留给我的只有七八十字了。许多网友都知道，我发微博的特点是末尾没有句号，因为句号也占字数，末尾句号有无均不影响句意，故一概不写。短视频更不能说废话，头三秒就得留住人，要不人家就滑走了。

这一切都影响了我的文风。写完文章后，先全文看一遍，多余的删掉，修辞华丽的删掉，若有成语，尽量换成大白话，成语用多了会像小学生作文。我还有个毛病，每句话爱写主语，其实以全局来说并不需要那么多主语，于是还要删掉很多"我"

字。改完去睡觉。第二天最清醒的时候,在电脑上再改一遍,因为此时的我已跳出作者的状态,而是读者了。文章是给读者看的,须以读者的角度审视。第三天再复制到手机上改一遍,因为手机屏幕比电脑小,电脑上一次只能看一行,手机上一眼就是一片,能看出哪一句在整体中不协调。

出于职业的原因,我的散文中还是涉及了点儿科普,但这没什么不好。周作人写绍兴乡间的昆虫,汪曾祺写每个月怎么养护葡萄,丰子恺写嗑瓜子的步骤,这不都是科普吗?但没人觉得是科普。我觉得科普文的最高境界就是这样,让读者不觉得自己被科普,而是在享受美文。本书里的某些文章中,我就做了这方面的探索。

散文最值钱的不是文笔,是阅历。汪曾祺的《跑警报》《菌小谱》这类文章,若没亲身体验过,一个字也写不出。我到今年才活了35年,本觉得这种书应该在50岁以后出才合适。但一盘，写过的散文竟也够出本小书的了，那就先出一本看看，不妨碍50岁以后再出嘛。能不能活到50岁都不一定。

这些散文，大部分都在网上发布过。每一篇的反响都挺好，网友评论："出书出书！"但有个问题需要警惕：网上的文字，大部分又短又水，一千字的文，就算深度好文。要是能分清"的地得"，简直就是文学家。网上的文章门槛太低，在网上被夸，印成书未必被夸，因为大家对书的要求更高。一些公众号作者，文章广受赞誉，可出书后大家的评价是"公众号文章水平而已"，优点反而成了缺点。建议大家在书店里先翻翻这本书，看两篇文，没骂街，再考虑买不买。

我被人问了十多年："学你们这些花鸟鱼虫的东西有啥用？"似乎不能使人升官发财结婚生子的东西就不该存在。这本散文集一出，有此疑问的人恐怕更多了。每遇到这样的提问者，我就让他们想想自己的爱好。听音乐、看球、观剧、唱歌、逛展，无一有用。无用的东西往往美好，美好的东西往往无用，其实人人懂得这个道理，但常常想不起来。

2023 年 9 月 10 日于北京

张辰亮

少年游

南锣鼓巷的猴

看到一则新闻,市民捡到一只小猕猴。

再平常不过的新闻了,然而点开配图,猴眼直直地瞪着我。我感到脑子里的一根弦搭错了,搭到一条旧路上。

那时,我在鼓楼东大街上初中。这条街现在很有名了,饭馆、电玩、饰品店荟萃。但当年,街上只有小卖部、烤串儿的和修自行车的。那个修车的瞎了一只眼,假眼又没装好,大半个露在外面,我每次经过时都目不斜视,只敢让他出现在余光里。

鼓楼东大街嘛,就是鼓楼东边的那条大街。当我清晨蹬着自行车拐进这条街时,一抬头,就会看到尽头的鼓楼。这座古建筑在视觉上比太和殿还要宏伟几倍，即使被一棵棵国槐挡住了大部分，屋顶的金色山花还是顽强地探出头来，在清冷的蓝天里被朝阳照得金光四射，使我眯起眼睛。

到了放学，我会走另一条路：先沿着鼓楼东大街走一段，然后拐进一条胡同，可以走到104电车的交道口南站，坐车回家。

写到这儿突然发现，我上学是骑车，放学是坐公交，怎么可能呢？难道我的记忆出了偏差？不，我确定都是真的。至于坐公交回家后，第二天如何再骑车，这我就不管了，脑子里没有记载。

这条放学要走的胡同，叫南锣鼓巷。之所以从这儿走，不是为了抄近路，而是这里安静。南锣鼓巷口有几棵大槐树，它们的枝叶在空中交缠，形成一个绿色的大门，进了这个门，世界马上就安静了，连猫都很难见到一只。

那时，刚进胡同没几步，就能看到一个商店，大门上锁，锁上积灰，屋里漆黑，废弃很久了。门旁有一个玻璃橱窗，估计以前是摆商品的,但我上初中的时候,里面是一只活的猕猴。

不是错觉,确实是一只活猴。我也觉得十分新鲜,凑过去看。猴没精打采地瞟了我一眼,在橱窗里走来走去。

我发现它走的姿势有点儿怪,一只手一直抱在胸前。细看,竟是一只死去的小猴,眼窝深陷,已经变成干尸。

大猴斜着看了我一眼,我立刻觉得浑身不自在,走了。

之后的日子,南锣鼓巷似乎只有我和大猴两个活物,每天路过,我都要看一眼。大猴怀里的小猴,从干尸,一天一天变成了白骨,最后只剩头骨、脊椎和几条肋骨。

最后,大猴没了。我扒着玻璃使劲找也没了,橱窗里只剩几根积了灰的木条和几根骨头。槐树叶在头顶沙沙响。

路还是要继续走的。我每天只走南锣鼓巷的一段,然后就左拐进入菊儿胡同了。我也曾想,今天我不左拐,就把南锣鼓巷走到头,看看通向哪儿。每当这样想的时候,我就向南锣鼓巷的更深处望,老槐树们拱成了昏暗的绿色隧道,看不见尽头。

偶有老太太从树干间钻出来，就像森林里的野兽。确是一处秘境，但还一堆作业呢，等中考完再说吧。

中考前，我曾经无数次计划：考完最后一门，我要一边在鼓楼东大街飞快地骑车，一边大声喊叫，释放三年的压抑。然而最后的事实是，我闭着嘴骑得非常慢。因为这条街已经要变成"老北京风情街"，到处在施工，地上挖得坑坑洼洼。我如果按原计划行动，屁股就会颠成八瓣，酣畅的"啊——"也会变成"呃啊啊呜啊呃哇呃呃啊……"

高中更忙，大学去外地，这一耽误又是七八年，我还是没能好好走一遍南锣鼓巷。

后来有了女朋友，我跟她说：带你去一个我以前老走的胡同，特好，只有我知道，我也好多年没去了，走走走。

到了胡同口我蒙了，怎么这么新啊，多出好多门面和灯箱，还铺了地砖？来来回回确认了好几遍，应该就是这儿啊，进去看看吧。

我急于找到那个有猴的商店确认记忆,然而完全找不到了。一片新栽的小竹林?一个没见过的当铺?还有一堆人排队,队的尽头是一家奶酪店?这都啥啊,不应该只有老太太吗?直到误打误撞地拐进菊儿胡同我才确认,就是这儿。

又过了几年,女朋友成了妻子,我们打算再去南锣鼓巷看看。往胡同口一站,我脑子嗡就大了。那几棵搭成拱门的大槐树下,多了一道推拉闸门,门口站着保安,用大喇叭控制着人流。卖气球的,卖奶茶的,卖臭豆腐的,卖陶笛的。左边是动次大次动次大次,右边是蓝莲花啊啊啊啊。硬着头皮往里挤吧。过了一会儿我跟媳妇说,不行了我要疯,赶紧拉着她拐进了旁边一条没人的小胡同里。

我回头看着胡同口露出的"人粥",出了口长气,轻轻说了句"我去……"

后来我就没去过那儿。但是,猴子商店的位置我还记得。槐树拱门进去没多远,有个公厕。初中时,一天我去那儿上厕所，旁边站了个男的，他边尿边低头审视自己的尿，叹了口气，摇了摇头，说:"唉，怎么黄的呀？"

此厕所至今尚存，猴子商店就在它旁边。也许你还是不知道它在哪儿，不要紧，我知道就行。

我每天只走南锣鼓巷的一段,然后就左拐进菊儿胡同了。

逮蜻蜓发微

我姥姥家在北京石佛营的一个苏式板楼小区里，今天那里是热闹的所在，已经很难找到这个小区，都淹没在高楼里了。可三十年前，姥姥家异常显眼，孤零零地耸立在石佛营的旷野中，小区门口有条护城河般的臭水沟，上架铁板桥一座，易守难攻。

周围的大片荒地，成了我们小孩的乐园。也没啥玩的，主要是逮蜻蜓。

但我们的工具不行。那时候还没有淘宝，没地儿买捕虫网。姥爷给做了个网：桌子腿上绑个铁圈，套一黄色编织袋，极具丐帮风情。抓起蜻蜓可好看了，一抡桌子腿，铁圈就告别杆子，带着编织袋飞出去，在空中把蜻蜓罩住，跟血滴子似的。我跟我弟再跑过去捡那圈儿，把蜻蜓掏出来。

这种抓法必然导致抓到的蜻蜓品相不好。要么翅膀破了，要么头掉了，要么尾巴断了。我们这帮孩子研究出许多方法，榨取这些"残次品"的剩余价值。

把翅膀坏了的蜻蜓四个翅并起来，从二分之一处撕掉，让它每个翅只剩一半，然后扔到天上。它就只能往前飞一段，越飞越低，最后落到地上。可以当纸飞机。

头掉了的，趁热乎赶紧往天上扔，有些个体竟也能稳稳地抖翅滑翔几次，但极少能遇到这样的壮士。

至于那些整根尾巴都掉了的，因为配重不对了，所以怎么扔都飞不起来。但我们会折一段尾巴那么长的草棍儿，插在它身后代替尾巴。这种只有小孩才能想出来的手术，却出奇有效。安了草尾巴的蜻蜓马上就能飞了，虽然也飞不远吧。不过有一次我的手术做得异常成功，刚撒手，那蜻蜓带着草棍儿忽地蹿上天空，直接没影了。要知道这所谓尾巴，其实是蜻蜓的腹部，呼吸就靠它了。所以这只蜻蜓相当于一个人把肺挖了倒进一碗卤煮还能百米冲刺，令我慑服至今。

这些游戏都是儿童残忍的一面。孩子的大脑野性充盈，人性未足，拿活物当玩具，便要产生伤害。我们那会儿没人正确引导，现在的孩子可别学。不过，以上玩法都属废物利用，若是抓到全须全尾的蜻蜓，我们非但不会那样玩，还要想方设法保持它的完美。

我看现在的小孩抓到蜻蜓，要么用两根手指捏住翅，要么就把翅并拢夹在指缝里。在我们那会儿，这属于小屁孩的夹法，其弊有三：一是指缝必须时时夹紧，很快就累了。二是手汗会沾染蜻蜓最精致之处——纤尘不染的翅，白色的油印儿怎样都擦不干净，观之顿觉无趣。三是蜻蜓习惯四翅平展，长时间令翅并拢，容易拉伤肌肉。回家后让它们站在纱窗上，翅也向上翘着，无法恢复原状了。

我们那会儿的大孩子都用另一种方法：用指缝根夹住蜻蜓胸部，一手可夹四只蜻蜓。看手背，每个指缝绽出四片薄翅，无数小翅室如钻石切面，手一动就乱闪。看手心，四个滴溜儿乱转的大脑袋和二十四条小腿儿。

我问大孩子为什么这么夹，他们说这有几大好处：夹的是胸，不是翅，所以翅不会沾到手汗。翅会自然摊开，不会拉伤肌肉。最妙的是，胸有一定的厚度，可以自然地卡在指缝根，手根本不用发力就可夹稳蜻蜓。这是诸葛亮当孩子的时候想出来的吧！我二话不说，立刻改用了这种夹法。这样夹蜻蜓，手姿态放松，和那些五指并拢夹蜻蜓的相比，立显一种阅历丰富导致的吊儿郎当，像是向全世界宣告："我是大孩子。"虽然全世界并没有人在看我。只有晴空下来来回回的蜻蜓，复眼里有几个像素是我。

还有一个成为大孩子的方法：抓到老竿儿。老竿儿就是雄

用大孩子的方法夹碧伟蜓。

性的碧伟蜓，雌性碧伟蜓叫老籽儿。同一个物种的雌雄各有俗名，在北京话里是罕见的，足见孩子们对它的重视。皆因它们是北京常见蜻蜓里最大的。还有一些黄黑相间、被北京人称为"膏药"的蜻蜓也很大，比如闪蓝丽大伪蜻、大团扇春蜓，但它们远没有碧伟蜓常见。老竿儿沿着河边一巡航，其他蜻蜓纷纷让道儿。若把老竿儿捏在手里，趁它张开大牙撒狠儿时往它怀里塞一只别的蜻蜓，它能吃一干净，连脑袋都嚼瘪了咽了。老竿儿长得也帅，绿眼睛绿身子，大黑尾巴，腰上有一截是天蓝色的，这是它跟老籽儿最大的区别，老籽儿那截是绿的。而且，你永远看不到老竿儿成群结队，它要出现一般就是一只。大，猛，帅，少，使它成了我们眼中的"圣杯"。

但"圣杯"哪那么好得？老竿儿看见你拿着网，就跟你保持距离，那个距离正好比网伸直了远一点儿。你要把网放下，它扭头就擦着你鼻子飞过去。这不较劲么？没事，有一古法可擒之，曰"招老竿儿"。称其为古法，是因为我见过一张晚清时期来华欧洲人画的明信片,画的就是北京郊野间两个留辫子的少年在用此法抓蜻蜓:把一只老籽儿拴在线上(或芦苇秆、马蔺叶的顶端),手持另一头,如放风筝般令其飞舞,老竿儿看见了,扑上来交配。趁其忙活时用手一扣就得,连网都不用。

晚清来华欧洲人绘制的"招老竿儿"明信片

老籽儿又怎么抓呢?那就要开展"抓夜籽儿"行动。因为我们发现,老籽儿爱在日落后、天黑前的"蓝色时间"抓蚊子,此时它只飞一米多高,净顾着找蚊子,很容易被网扣住。抓回家放在纱窗上一晚,第二天就能招老竿儿了。

挥舞老籽儿的时候,还要念咒。这咒曾经很讲究,我爷爷给我唱过他们小时候的"老竿儿——几朵,蝴蝶儿——帮帮!"。朵字要念"妥",蝴蝶儿要念"护铁儿",都是旧北京音。此咒体现了孩子们期望老竿儿和蝴蝶纷至沓来的愿望,而且禁琢磨——蝴蝶论帮来都不嫌多,老竿儿来几朵就够了。可见老竿儿的品比蝴蝶高。这两句是有曲调的,我在科普视频里唱过,观众在底下留言,说调子悠远,像老北京的叫卖声。

不讲究的,就光有词,没调,愣喊。比如"这边儿有水,那边儿有鬼!"是拿超自然现象威胁老竿儿。还有"蚂蛉蚂蛉高啊,拿火烧啊!蚂蛉蚂蛉矮呀,没人逮呀!"蚂蛉是华北、东北对蜻蜓的俗称,前半句是威胁,后半句是给老竿儿虚假的承诺。飞矮了没人逮？那我们干吗来了。

不过这些都是旧时儿童文学的辉煌，到我们小时候，咒语已退化为吹口哨了，没词就算了，连调都没有，就给小孩把尿那声。再遇上个不会吹哨的，只能光咻咻吹气儿。简直礼崩乐坏！就这，老竿儿照样往招子上扑，真给我们面子。也说明那些咒语有没有都两可。

如果先抓到的是老竿儿，没有老籽儿，有人就用泥巴把它腰上的蓝色涂上，说这样就能伪装成老籽儿。我认为这么做没道理。糊上泥倒是不蓝了，可也不是老籽儿的绿色啊。而且实践证明，就算用不糊泥的老竿儿来招，甚至用其他种类的蜻蜓来招，依然能诱来老竿儿。因为它领地意识强，见到啥都会扑上去。可见哪怕是基于实践产生的文化，任其发展，也会产生迷信。没人较真，迷信就越来越多。

还有一个传言也属此类。草间有一些微型蜻蜓，就牙签那么长，牙签那么粗，飞起来翅膀跟没了似的，就一身子悬浮。

老人叫它们"琉璃鼠",孩子都传,这是蜻蜓的小时候。其实只要稍作观察就知是胡扯,蜻蜓小时候是在水下的,名曰"水虿",没有翅,捕食鱼虾蝌蚪,长成了就爬出水面,脱皮长出翅膀。大蜻蜓是大水虿变的,小蜻蜓是小水虿变的。那些"琉璃鼠"就属于蜻蜓目里的小型种,昆虫学上叫它们"螅",也叫"豆娘"。它们的水虿和它们一样细小,变成成虫后,便一辈子不再长大,更不会变成大蜻蜓。

我见到的最难以理解的水虿,是黄蜻的。黄蜻就是全国城市中最常见的那种黄色的蜻蜓,我们叫它"小黄儿"。有一年下大雨,姥姥家附近到处都是水坑。黄蜻来了,先是公的用尾巴尖夹住母的脖子,连体飞行,我们管这叫"驾排",排读三声,是"驾排子车"的简称。这个行为是公的控制住母的,保证自己有媳妇。过一会儿,母蜻蜓就把尾巴尖弯个圆圈,贴到公的尾巴根,这也有名词,叫"推轱辘车",实际是母的在接受精子。完事,母的点水。过两天,水坑里都是黄蜻的水虿。那水坑里只有黄土,一根草都没有,又是临时下雨形成的,它们吃什么呢?不知道。反正没过几天,水坑干涸前,水虿就爬出来变蜻蜓了。坑边的石头上都是壳。真快啊!长大后才知道,黄蜻偏爱在临时性水体里产卵,稚虫是速生型的,怪不得就它多呢。

有一次,黄蜻多到瘆人,跟蝗灾一样,在天上又撞车又剐蹭,能听见它们翅膀撞翅膀的声音。姥姥家楼下有棵枯死的柏树,黄蜻最爱落在没叶子的树枝上,所以那棵柏树从尖到底落满了蜻蜓,胖了一圈。一踹树,呼一下全飞起来,吓得我们直跑。跑回家打开电视,看是不是世界末日了?北京电视台的《第七日》栏目里,记者指着天上的"黄雾"说:"北京出现蜻蜓大迁徙!"这次记忆过于奇幻,如果不是学了植保,看到课本上写着黄蜻有迁飞习性,能跨国迁飞,迁飞到全世界,除南极洲哪儿都有黄蜻,我还真以为那棵蜻蜓树是记错的梦。

逮累的时候,我们就把满手的蜻蜓一撒,任它们飞走。然后站在荒地里发愣,让太阳把脖子晒得黑亮,让小寸头的发尖挂着汗珠。蜻蜓在我们之间飞着"方块",飞一段直线突然转向,再飞一段再转向,它们喜欢这么飞。柳树上的蒙古寒蝉"伏天儿,伏天儿"地叫着。现在知道叫蒙古寒蝉,那会儿谁知道,就叫它"伏天儿",其名自呼。

为啥都放了?因为拿回家没用。试过撒在家里让它逮蚊子,根本就不逮,一个劲往天花板上撞,撞累了就贴着墙滑下来,躺地上捯气儿,尾巴中间那道缝一开一合特别快,气喘吁吁的。最后弄一身土,翅膀也破了,一两天就把自己折腾死了。

蜻蜓是天上的虫,天有顶,蜻蜓理解不了,也接受不了。

奥林匹克池塘

1990年，我两岁。当时的北京一片躁动，亚运会来了。这是中国第一次举办大型国际赛事。在我模糊的印象里，全城都贴满了一种奇特的符号，多年后才知道，那是那年亚运会的会徽。

同时，一片建筑在北京的北边突然出现。这里本来只有麦子地、苏式板楼和元大都城垣遗迹，当天际线突然变成新建筑的轮廓时，这里被命名为亚运村，核心地带叫作奥体中心。

北京市民纷纷去围观，我也被父母抱去，留下很多照片。只记得那些建筑都特别厚实，草坪青翠欲滴，踩一脚会悠悠飞出绿色的赤须盲蝽。

亚运会结束，奥体中心慢慢寂静下来。等到十多年后，我作为一个中学生重新走进它时，它已褪色。亚运村新兴的繁华商圈与它无关，按奥运会标准建的宽阔大路、宏伟赛场，空旷无人。树越长越大，水泥地被野草顶出裂纹。

但这里并不死寂，常有人来游泳馆游泳，我就是。游完泳后，在夜色中骑着车，闻着柳树的香味，真悠闲。柳树有香味吗？在那种情况下是有的。

每次来，我都会路过一个湖。它在主体育场的后边，不是很大。湖岸是大石砖砌成的，是纯粹的人工湖，但因疏于管理，湖面萎缩，四周露出了大片湖底。莎草、芦苇趁机生长，变成了一片小湿地，是我最喜欢的样子。

终于，我再也不想只是经过它了。锁上车，跳下了岸边的石台。啊，踩在柔软的湖底真好。从那以后，我经常跳下曾经的大湖岸，走向萎缩的小湖岸，蹚着低矮的莎草，钻进高大的芦苇。

我爱把水中的大团水草抓到岸上，看里面有什么小动物逃出来。豆娘的稚虫扭着瘦弱的身躯刚钻出水草，就被矮胖子负子蝽撞了个趔趄。米虾疯狂地跳来跳去，一旦跳回水里就立刻捋捋须子变回淡定，像是掩盖刚才的失态。日壮蝎蝽平时运动太少，导致逃跑时手脚不太协调。有片柳树叶好奇怪，怎么厚厚的？一摸，突然动起来了，给我吓这一大跳！原来是水虻的幼虫。有一次还钻出一个翡翠绿色、眼睛鲜红的可爱小蝽，我从来没见过，惊喜地抓住，它狠狠叮了我一口，钻心地疼。后来查到，是不多见的潜蝽。

欣赏之后，我会把水草团扔回水里，因为里面还困着很多爬不出来的小东西。

高三的最后一次校运动会，学校选在奥体中心体育场举办，就是湖边的那个体育场。

中学的运动会也不知哪儿来的传统，不参赛的学生要在看

水面缩小后的湖，露出大片湖底。摄于 2005 年。

台上写一些鼓劲的话送到主席台,由学生主持人大声念出,这是每个班的任务。以前我都应付着写几句,这一次实在烦了,写这玩意儿有什么用?不写能把我怎么着?"出去转转。"我跟同学张楠走出了体育场。

走着走着,来到了那个湖边。我俩跳下石岸,在水边闲逛。一大群喜鹊也在逛,我们保持着友好的距离。

"这儿的小石头不错,我爸鱼缸里正缺几个。"张楠捡了个塑料袋,开始选石头。我则循着咝咝的叫声钻进芦苇,寻找斑翅草螽。

大体育场里传来女生播音员的声音:"高三2班××来稿:生命中有许多选择,比如退却或者尝试。我把争取光荣和梦想寄托在有限和无限中……"写的啥玩意儿,我都听不清草螽叫了。

这几句为啥我记这么清楚?因为我用卡片相机拍了视频,至今还存在我的电脑里。那天也不知怎么了,突然觉得应该把这个湖的样子记录下来。于是我拍了草鹭、喜鹊、湖面、张楠挖石头的照片，录了视频，还以湖为背景自拍了一张，那是我第一次自拍。

挖完石头，张楠被水边的一种纤细小草吸引了："这好玩啊，长得跟卖孩子的草标似的，这叫啥？""莎草。你摸它这梗，是三棱柱状的。"我说。"哎？真的哎，太逗了这个。"张楠掐了一根莎草，捻着草茎，和我爬上了石岸。

不远处有人声，是一个小贩在卖万能削皮刀。他一边用刀擦着萝卜土豆，一边说："轻轻推慢慢拉，好似木工推刨花。接个盆接个碗，省了菜板省菜墩。美不美快不快，敢和厨师来比赛。一套五块钱……"我又悄悄录下了视频。

后来想想，我录这么多视频，大概是因为北京已经申奥成功，这里马上要变成名副其实的奥体中心，我暗暗感觉这个湖可能会变。

过了几天，我又骑车来到湖边时，愣住了。湖水突然没了，湖中心站着几个人。跑过去一看，水只剩了浅浅一个坑，整个湖的鱼虾全挤在里面，噼里啪啦地挣扎，引来了路人捞鱼。有很大的鲫鱼、鲤鱼和餐条鱼，竟然还有巨型的达氏沼虾，这种东南亚的虾不知为何出现在这里，它亮蓝的大螯伸出水面。

我毫无准备，只能问身边的大爷："您能给我几条小的吗？"大爷递我一个空矿泉水瓶："自己捞吧。"蜻蜓稚虫、沼虾、米虾、负子蝽、青鳉……我把尽可能多的动物塞进瓶里，装满混浊的湖水，然后骑上车玩儿命往家蹬。我想救它们。

冲进家倒出来一看，几乎都死了。我以为水越多它们越好呼吸，其实正是水闷死了它们。只剩一条小红鲫鱼，我把它放在窗台的小缸里。它活了几年，一直没有长大。

那个湖的一切被清除干净后，放满了水，再次成为一个人造景观，回到了它最初的样子。

多年后的一天，我在网上看到别人分享了一个视频，点开,"接个盆接个碗,省了菜板省菜墩……"还是那位小贩!我认识他的脸。不过视频中,他已不站在湖边,而是蹲在了马路边上。

我坐在闷热的大学机房里,戴着耳机,听着他的叫卖,却分明闻到了夹杂着水汽的柳树香味。

寻找李建国

我高中时,很痴迷中国古建筑,班里有个叫张楠的同学,也对此有兴趣。还记得在骑车放学的路上,我一只脚踩在脚蹬子上,另一只踩在马路牙子上,弯腰拿着石子在便道上划拉,给张楠解释"悬鱼"和"惹草"是什么的场景。

高中附近胡同密布,藏着很多王府、寺庙,但大部分都被单位、居民占用,我们只能在墙外伸着脖子,看那些露出来的屋顶瞎猜:"这看着是一庙,嚯,正殿还是庑殿顶的。"

时间长了,我们心生怨恨。凭什么别人能进,我们不能进?这时,张楠想起他小时候遛弯经过醇亲王府(现为国家宗教事务局），想进去，于是他爸拉着门口保安聊天，问问老家收成怎么样啊之类的，张楠就趁机进去转了一圈。

我一听，看来也没那么难进嘛，于是我们计划闯几个大院试试。又拉上了两个男生，唐瀚和李宜然，这天放学后，我们骑着车出发了。

我们一边骑一边商量，要是门口没人，就直接进去。要是有人拦就说找人。找谁？我脑子里蹦出一个名字：李建国。这个人名太常见了，说出来肯定像真事一样。我一说，其他三位马上乐了："好好好，就'李建国'！"

张楠带着我们先奔了柏林寺。这是紧挨雍和宫的一处大型皇家寺院，古柏成林。和人声鼎沸的雍和宫相比，这里如今是文化部下属单位的办公场所，极为低调。

我们到了门口，被保安拦住了。

"你们干吗的？"

"您好，我们找李建国。"

"哪个部门的?"

"我们也不清楚,就是李建国李编辑,我们是学校小记者团,来采访他。"唐瀚看到门口有杂志社的牌子,给李建国安了个职位。

"给他打电话,让他出来接你们。"

"哎好嘞。"唐瀚拿出手机,按了几下放在耳边,眼睛看着院里老柏的树尖:"哎李老师是吧,我们到了,门口保安同志不让进,您看怎么着?哦好好,行行,再见再见。"他放下手机,对保安说:"李编辑让我们直接进,他有事出不来。"

"不行。"

得了,甭跟这儿耗了,换个地儿吧。

我提议:"去通教寺吧。"我放学时总走东直门北小街,看见路边有个大墙上写着"北京通教寺",一直想知道这个"通教"是啥教。

四个人在通教寺门口捏住闸,大铁门紧闭。我心想没戏了,这怎么进啊?

· 038 ·

忘了是哪个胆儿大的，竟然下车去敲门。门还真开了，金色的夕阳瞬间倾泻了出来，跟着出来的还有一个老尼姑——原来是个尼姑庵！

李宜然迎过去双手合十："您好，我们来找一位李居士。"他脑子挺快，知道尼姑不可能叫李建国。

张楠和唐瀚一看聊上了，也把车一支，走了过去。我连自行车都没下，心说四个大小伙子找一个尼姑，谁信啊，人家不叫棍尼把我们打出去就不错了（少林寺有棍僧，尼姑庵大概也有棍尼吧），还往前凑，找死吧你们仨。

结果几句话后，老尼姑一扭身，带他们进去了！我赶紧喊："嘿，你们车还没锁呢！"张楠一回头："你看车！"伴随着他们仨"嘿嘿嘿嘿"的憋笑，铁门关上了。空余愣神儿的我。

过了大概一百年吧，门开了，他们仨被太阳光推了出来，还回头冲老尼姑鞠躬合十，一个个受到净化的样子。门刚一关，他们立马回头指着我乐，又不敢大声，脸都憋紫了。

我拿气声冲他们喊:"这地儿是我带你们来的!你们让我看车!"

"嘿嘿嘿嘿……"

"里面都有啥啊?"

"没敢逛!一个大院子,一圈平房,尼姑一直跟着,我们只好进大殿磕了仨头就出来了。"

好吧,稍微平衡了点儿。

我们又来到了平安大街,漫无目的地骑。嗯?路边有一个垂花门,门里是一段抄手游廊,门口还有供自行车走的斜坡,还没保安,进!

进来后,左手边赫然出现一座破败的大殿,歇山顶,绿琉璃瓦,彩画脱落,窗棂倾颓。殿前有个小广场,堆着杂物。太阳马上要落山,天还是亮的,但大殿已进入阴影,清冷灰暗。我们在广场上站了一会儿,发现院里有人开始注意我们,于是骑上车,在院里打游击。

这里有好几进院子，后盖的小房很多，把本来规整的格局搞得像迷宫。四辆自行车只能排成一列，在狭窄的过道里行进。

这院子进来得太容易了，没用上李建国，我们有点儿不甘心，于是一边骑一边喊："李老师——李建国老师——你在哪屋——我们来找你补习了——"直到一家在葡萄架下坐着马扎吃饭的人直瞪我们，我们才闭嘴。

后来，我多次在平安大街上寻找这个垂花门，但再也没有找到过。奇了怪了。

到了高三，活着都是问题，谁还有时间找李建国呢？但最终，我们还是活到了高中的最后一节课，英语课。老师也不讲课了，直接发一堆卷子就走了。我们也没心思再做这无足轻重的卷子。我和张楠一商量，逃学！反正也下午三点了，老师都回家了，同学也陆续开始走，我们当了三年乖学生，也享受一把逃学的刺激吧。今天回头看，这哪里算逃学？又哪里刺激了？实在是被压抑太久，刺激的阈值降得太低了。

出了校门，平时都是往左拐，这次我们偏要往右拐，看看右边到底是啥。拐来拐去，来到了府学小学。这儿是清代的顺天府学，也算个古迹，但我们常在这儿上奥数，没啥新鲜的。一扭头，府学对面有个大门，没有标牌，没有保安，庭院深深，有点儿意思。

我和张楠装作没事一样走进了大门，谁知保安坐在门后边了。这不钓鱼执法吗！不管了，我俩直眉瞪眼地冲着一个拐角走，在保安狐疑地喊出"嘿"的瞬间，拐了进去，然后狂奔。

确认安全后，我们发现自己进了秘境。这里树林荫翳，不见天日，随处摆放着各种精美的明清石雕，看上面龙的形态，说有些是元代的都可能。古朴的建筑之间，由曲折高低、彩绘精美的长廊连接。只有鸟叫，一个人都没有。我瞪大了眼睛，尽可能把看到的每个细节记在脑子里。对于一个做了三年卷子的人，此刻眼前的一切就像甘洌的泉水。

我们转了好久都没转完，最后甚至不敢转了，这是什么单位啊，不会通着中南海吧？

于是决定出去。要了命，又在门口碰上保安了，还好我们是要出去，不是进去，假熟地说了句"找建国，找完了"就顺利出来了。

刚出来，地上有个大木牌绊了脚，低头一看：北京市文物局，我和张楠吓出一身冷汗。敢情门口在装修，牌子掉了，进门时才没看见。这要非说里面哪个元代石盆的裂纹是我俩磕的，还高考啥啊。

遗憾的是，这么多次探险，没有拍过一张照片留念。

一晃八九年过去了。2014年，为了考证清宫收藏的海洋生物图谱《海错图》，我要去故宫的未开放区办事。

头天晚上我就睡不着觉了，这应该算我闯大院生涯的顶峰了吧，而且这次是光明正大进去的。我激动地发了条微博："明天要进入未开放的宫苑了，还是秋日的宫苑，应该很美吧！希望那天不要雾霾。"

第二天清晨，我站在了西华门下。掏出特意带的单反相机，发现竟然没带卡。赶紧拿出手机，昨天竟然没充上电，最后一格电了。咬着牙点开摄像头，至少要拍张西华门吧，电量耗尽，关机了。

很好，看来是天意了。故宫的人把我领了进去，办完事，我把能转的地方都转了个遍。

我看到河道弯成奇异波浪线的内金水河。

看到巍峨的第一历史档案馆。

看到红墙上无数被砖砌死的堆拨。

看到武英殿外掉了满地的磨盘柿子。

看到排成一队巡逻的武警。

看到慈宁门前镏金的麒麟。

看到住过太监的一排微型小院，每个院都开着不同的花。

看到几百年的丁香树，一棵树盖满一个院。

看到大殿空阔无人。

看到古砖地上生出苔藓。

最后,我站在了"游人止步"的牌子旁。前面是喧闹的游客,身后是不开放的宫苑。往前一步,我就变成游客了,没法再回去了,找李建国也没用了。

站了几秒,我还是走了出去。故宫里那么多单位,肯定会有一个叫李建国的,我也算是找到他了吧。

喝水的大队委

小学时，我是大队委。

我们那时候选中队委很有针对性，个儿高的当体育委员，会画画的当宣传委员，学习好的当学习委员。选大队委却不符合这些规矩。

因为大队委每班只有一个，不管理班级具体事务，又对外代表班级，所以人缘比特长更重要。投票时，同学们从成绩不错的那帮人里挑：这个已经是中队委了；那个已经是班长了；这个女孩学习虽好，但趾高气扬的，不配；那个男孩又帅又高，已是全班焦点，再让他当大队委岂不是要飞起来？

所以，最后就是一个学习还不错、没长板也没短板、见谁都乐呵呵的老好人当了大队委，那就是我。

当了大队委后，我发现这个工作并不高端，干的还是碎催的活儿，只不过从班里的碎催变成了全校的碎催。各位做了这么多年眼保健操，知道眼保健操的音乐是谁放的吗？反正在我们小学，我放的。每个班的几个大队委轮班来，在广播室掐点儿放磁带。我校的眼保健操有时会莫名地播出一个特殊版本，只有音乐，没有人声，且播到一半就戛然而止。每次遇到，同学皆面面相觑，传为灵异。但我知道怎么回事。磁带里收录了很多首同样的眼保健操，这个版本是最后一首，没录好。负责任的大队委当班时会把磁带往前倒一倒，避免播出这首残次版。但要是犯懒，直接按播放键，就有可能播出这版，这算事故，大队辅导员要骂的。我们学校的《星星火炬报》《英语周报》，也是大队委们负责分发。先按每班人数分成沓儿，再搬给各班取报纸的同学。

由于干的都是这类事，我就没有和同学产生等级分化，除了戴"三道杠"，大家没觉得我高他们一头。

但是，我身上也多了些莫名其妙的评判标准。

之前，我回答问题特别积极，当时我的理念是：知道答案却不举手，就如同别人问话而不回应一样，是无礼的。当大队委后，我们班换了个班主任，有一次她上课提问，大家都举手，我坐在最后一排，怕她看不见，就把手举高，不停晃动。班主任立刻扬起下巴，目光穿过大家的手臂林，抬手指着我："你越那样我越不叫你！你还大队委哪？会不会好好举手？"全班都回头看我，以为我做了什么不雅举动。其实刚才好多人都在那样举手。打那起我就对举手这事犯恶心了，知道答案我也憋着。

过了几个月，开科技节的班会。几位同学演了个科普小品，内容是一个男生刚长跑完，马上喝大量水，然后就像中了枪一样突然倒地了。大家把他送到医务室，扮演医生的同学说："剧烈运动后不要大量饮水。"

几天后,我们绕操场跑步。跑完之后我渴得不行,要回班里喝水。这时想起那个科普小品,我自认为同学演得太夸张,但是也有点儿忌惮,就决定少喝一点儿润润喉,但是必须立刻喝上,实在太渴了。

我第一个冲进教室,坐在座位上,拧开水壶的盖子,开始喝水。这时,第二个同学进班了,是个中队委。她看到我,立刻尖叫:"张辰亮!你怎么跑完步喝水!你怎么不以身作则!"

此时,同学们陆陆续续进来了。我说:"我喝点儿水怎么了?""你是大队委,你喝了,大家就跟着你喝,出事了怎么办?""你看我出事了吗?我又没多喝,再说刚才教室没人,大家怎么会跟着我喝?"

我俩吵了起来。班主任进来了,听了我俩的陈述,转脸向我:"是啊,你是大队委,你喝了,大家当然要跟着你喝,你就是这么起模范带头作用的?"我很震惊,因为她平时训人常说:"他干了你就干?他要跳楼你也跟着跳楼啊?"我一直认为这个逻辑很对,怎么到我这儿就反过来了?琢磨的时候她又说了很多话,没听清楚。只记得她最后喊了一句:"我要让你威信扫地!"

打那儿起,班里有个男生就在每天放学的路上对我喊:"大队长威信扫地噢!"然后往前跑。我追上去抓住他,他又连忙喊:"大队长威信升天!大队长是世界第一大好人!"等我撒了手,他又跑了:"大队长威信扫地噢!"

追跑打闹,小孩都是这么玩的,那男生跟我关系不错才这么喊的,倒是无所谓。那个中队委,后来去新东方当老师,又出国留学,学业有成,男友帅而有才。我在校内网上看着她的生活,很是敬佩。当年她说的也不算错。一个大队委,本来就没给班级做贡献,再不做个好榜样,被人批评也是应该的。班主任大概也是对的,别人跳楼大家不跟着跳,那是因为别人是普通学生，不值得学。大队委是好学生，是标杆，值得学。大队委要是跳楼，没准儿真有人跟着跳呢。

话是这么说，但六年级一毕业，我就没再参与任何班干部的选举，谁爱干谁干吧。

1999年南口上空

1999年，是新中国成立50周年。国家准备10月1日在天安门广场举行大阅兵、大游行。

其中群众游行部分，有个方阵叫"七色光鼓乐队"，是从北京市各小学的鼓号队抽调人手，组成的一个1600多人的临时大乐队。我就是这个乐队的。我平时在学校升旗时敲大鼓，又旧又沉的鼓。一到政协开会之类的场合，就换上又轻又新的鼓，跟其他学校的小孩们站在人民大会堂的台阶上，以七色光鼓乐队的身份演奏。

这次国庆大游行，是我们这个临时乐队最重要的一次任务。

提前半年，就开始了一次又一次的排练。

北京很少有地方容得下1000多人的鼓号队，我们先在亮马桥那个汽车影院旁边的一处空地上练，后来又在一个军用机场的跑道上练（跑道两侧的草里蚂蚱特多，一看就是驱鸟工作做得好），再后来，干脆被拉到郊区的"南口军训基地"，封闭训练。

大学生军训尚且觉得辛苦，我们可是小学五年级，而且真是按照阅兵的标准一点点抠的，横成线，竖成线，斜着也要成线，还得敲着鼓、吹着号、打着镲走队列，节奏不能乱。顶着烈日，从早上一直练到晚上八九点，谁也看不见谁为止。

洗澡时间难以理解地短，如果胆敢在身上涂肥皂，你就只能把泡沫干擦掉，因为还没来得及冲，水就停了。

有一次，发下来一大桶绿豆汤，说是解暑。我们用矿泉水瓶子一接，瓶身立马被烫扭曲了。而且汤还放在金属保温桶里，在空场晒着，全天都那么烫。我们只能去喝"撅尾巴管"（撅屁股喝自来水），等绿豆汤凉了再喝喝看，已经臭了。

我唯一的娱乐，就是在练习间隙观察一下场边树荫里的昆虫。有一次，我在列队时看到树上有个螳螂卵鞘，就跟身边同学对了个眼神，意思是："看，螳螂卵。"他笑着眨了下眼，表示看到了。一个老师捕捉到了这个瞬间，他拽着我俩的大鼓，从队里把我俩抡出来，罚站了好久。

毕竟，这么重要的任务，不严格是练不出效果的。1999年的后勤条件也远不如现在好，所以虽然辛苦，大家都没有抱怨，只是瞪着眼一遍遍地练。果然，罪没有白受的，在集训尾声时，我们真的走得非常整齐了。1600人组成的大方块，自带背景音乐，在训练场上平移过来，平移过去。

最后一天，我们傍晚还在练队。远处应该在下雨，天上风起云涌的，不少都被夕阳染成了金色。

突然，我发现北边山顶上有一小块乌云，和徐悲鸿的墨马一模一样！头歪着，鬃毛飘扬起来，下半身被山挡着，上半身仿佛马上就要越过山脊冲下来！我偷偷叫身边同学看，他也瞪大了眼："马！太像了！"一传十，十传百，大家都开始悄悄看天。

这时，我们才发现天上到处都是奇云。在正西方，有一大块独立的云，悬在夕阳正上方，好似一尊狮身人面像，但不是人面，是龙头。端正地坐着，前爪平伸，整个西方天空全是这尊巨兽。过了一会儿，龙头变成了鸟翅，前爪变成了鸟头，神兽变成了一只朝地面俯冲的大鹏。"其翼若垂天之云"，正是此景。

"看！"一个平时爱欺负人的男生手指南边天空，一座杵天杵地的积雨云里，伸出一块巨大的、深灰色的"铁饼"，就像《独立日》里的外星母舰一样，而且质感极其光滑，完全不是云该有的质感。

往西南瞧，一个白胡子老头戴着白棉帽，穿着白大衣，坐在白雪橇上，前面还有几团白云拉着……还没等我说，身边同学就用气声冲我喊："圣诞老人！"

这时，天上开始掉点儿，老师宣布训练提前结束。我们赶快把鼓一扔，也不怕地上有东西绊脚，一边看天，一边往宿舍走。奇怪的是，没有一个老师和教官看天，全是孩子在看。

回宿舍的路上，我们又见到乌云底部凸出一张夜叉脸，大鼻子鼓着，嘴往下咧，狰狞痛苦。走到宿舍门口，几个同学也在看天，看我过来了，赶紧招呼："哎你看，那云彩像个佛！"他们头顶上的天空一片晴朗，只有孤零零的一块巨云，立着待着，底部是一个莲花座（当然没有莲花瓣了，就是那么个意思），上面坐着一个人，高鼻深目，是个罗汉的脸。身子有点儿歪，看得到下巴，看不到头顶，因为我们在仰视他。

这是那天最后一朵怪云，再往后，天就黑了。

我一直喜欢看天，见过不少奇怪的天象，也很奇怪这些天象为什么只有我看得到，身边路人完全没发觉，弄得我长期以为自己是楚门，这些天象都是导演安排给我看的。但是1999年南口那次的云，不只我一个人目睹，很多孩子都看到了，一定不假。可为什么没有一个大人看到呢？而且，自打我不是孩子之后，天空再也没有那样奇异过。

  1999年10月1号，我们参加了天安门游行。方阵规矩得像一块豆腐，但鼓号声完全淹没在军乐队的演奏中，成了噪声。事后回看录像，我惊讶地发现，所有群众游行队伍，只有我们走得最齐，其他大人的队伍都是随便遛着弯走的。

鼻血与我

单位搞活动，采摘草莓。草莓长在地上，我低头摘着摘着，鼻血唰地流出来，在白T恤上写了个"1"字。赶紧管同事要纸堵决口。虽然跟大家解释："风太干，吹的。"但还是有点儿尴尬。人家都是看见美女流鼻血，我看见草莓就流，太没出息了。

我从小就常流鼻血。在我对幼儿园为数不多的印象里，有一个画面就是我在听课，鼻子里堵着长长的纸卷，余光看到它一点点儿变红，感觉自己撑不到妈妈来接我。

大夫说我血小板偏低，容易自发性出血，出了血又不易止住。婶知道了，拎着一个大塑料袋来我家，袋子里满是一种别致的东西：花生外面的红皮儿。姊说，用这个泡水喝治鼻血。

这个红皮儿，吃花生的时候顺嘴吃下去，并不觉得怎样，但一泡水是真难喝！那一袋子红皮儿摆在橱柜的玻璃门里，位置正和小学的我一样高，每天都和它对视。永远鼓鼓囊囊的，好像从来没有喝完过。

后来，我得了鼻窦炎。北京空气不好，人爱得鼻炎。夏天一点儿事没有，冬天就开始不通气、鼻涕多。我的课桌斗，冬天就是放鼻涕纸用的，下课归置起来，扔垃圾桶。桌斗真是令人体面的发明，要不然都堆桌上我还有脸活吗？

擤鼻涕一多，鼻血也就来了。有时擤完了一看纸里透出红晕，马上抬头撕纸堵上。

在不同的课上流鼻血，我也收获了不同老师赐予的偏方：凉水拍脑门、左鼻子流血就举起右手、不能仰头等。我试了，全都没用。还是拿纸堵上最靠谱。什么时候纸拿出来的时候，带着一块果冻状的血块，就说明不流了。这块血好像连着一根筋到脑子里，拿出来的瞬间一通百通，特别舒服，灵魂都得到按摩了。这是鼻血带给我的唯一快乐。

也有恐惧。当年有个很火的电视剧，里面有个老头得了鼻咽癌，表现就是坐那儿呆着，从鼻子里突然喷出血来。我一看这不跟我一样吗！好多年心里都缓不过来，仿佛看到了自己以后的死法。

长大之后，鼻血不像小时候那么厉害了，我打不过它，它也打不过我，我俩逐渐掌握了一些相处的规律。

规律之一，我是不能吃巧克力的，小时候吃一块就流血，现在鼻血允许我吃两三块，再多了，它还是要出来。

规律之二，左鼻孔已经像南匈奴一样归顺了我，现在只有右鼻孔老流了。右鼻孔应该是有根血管没长好，老话儿叫"伤鼻子"，人家鼻子被磕一下没事，我被磕同样一下，右鼻孔就要流血。上大学的时候，本来对搏击挺感兴趣，跟朋友也假模假式儿打了两次，但是很快意识到不行，要真打的话，我的血能把对手淹死。多亏了鼻血,为我创造了安全的业余生活。

规律之三,我卷纸卷的功力已臻于化境,一撕一捻一塞,正好满满当当。不漏不洒,露出的部分美观大方。全国劳模张秉贵卖糖一抓准,还被塑了像摆在北京市百货大楼门口。我这手艺也堪称非遗,可惜社会上没有对口的岗位。而鼻血,也随着年龄越变越世故。不堵,就是看不起它,它要一直流的。只要堵了,意思到了,就不再难为我,用完一个纸卷就停了。

但是那天摘草莓时它有点儿过分了,花了好几张纸才止住,衣服也脏了。一边洗衣服一边想,等我老了,冬天还是得去个温暖潮湿的地方,实在不行也得常去澡堂子,暖乎乎的水汽吸进去,我也舒服它也舒服。一起过日子就得互相哄着,要不然你说怎么办呢?

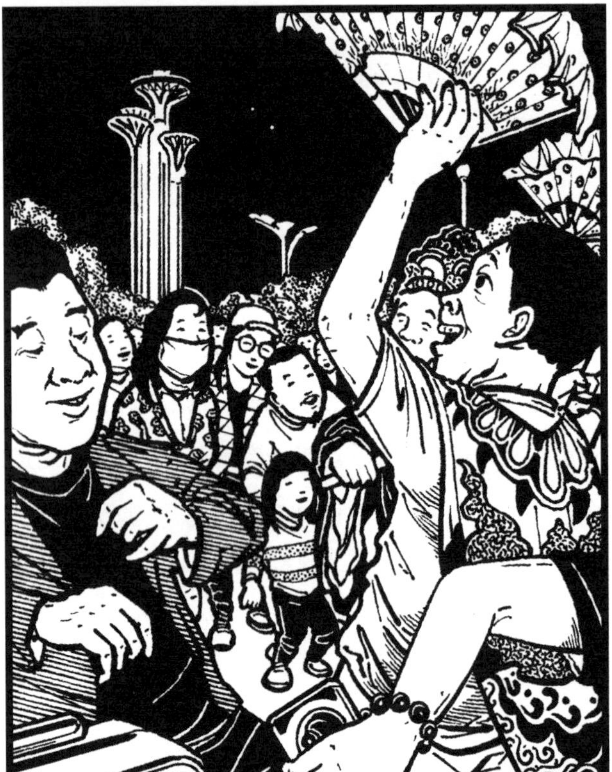

尘世间

双节棍习练史

上了大学,总要加入几个社团,这是代偿高三苦难生活的方式。2006年,刚上大一的我,走进了武术协会的报名处。

"报哪个分会?"

"双节棍分会。"

报名处的学长抬头看看我,他的眼神我懂:怎么报这个分会?当时,女生一般报跆拳道,男生一般报太极、空手道。学长们七嘴八舌:"学这个可疼啊。""这最后能学到啥程度啊?李小龙?""能到周杰伦的程度就行啦。"

报完名,我赶紧回宿舍搜索《双截棍》的MV,看看周杰伦到底是个什么程度。哦，原来是这几个动作，争取学会吧。

没有男人能拒绝一根笔直的棍子。我一直认为这是人类祖先遗留下来的习惯。棍子是最原始易得的武器和工具，至今非洲草原上的马赛人还木棍不离手。不爱随身携带棍子的男人，也许都被狮子老虎拖走了。至于双节棍，魅力更添十分。两根棍之间仅多了一个铁链，就如活了一样，能打出千种变化，比普通棍子有趣多了。反正爱抡棍子，为何不选一款更好玩的呢？抱着这种初衷，我开始学双节棍。

第一节课，我看到了双节棍分会的会长：一位大三的男生。他头方方的，很胖，一点儿不像李小龙，倒像《老夫子》里的大番薯。他教我的第一个动作是"苏秦背剑"，就是李小龙标志性的持棍姿势。第二个动作是"翻山越岭"，就是从一边的苏秦背剑换成另一边的苏秦背剑，也是李小龙的经典动作。第三个动作是"舞花"，我一看，这不就周杰伦那招儿吗？没想到这么快就达到周杰伦的程度了。再细看MV，发现周杰伦舞得也就那样，有几下差点儿打着自己头，还躲呢。

几个动作学下来，我信心大增，发现双节棍并不难。学长说它是最简单的软兵器，确实如此。九节鞭有九节，三节棍有三节，最少只能是双节，再少就不是软兵器了。一般人印象中的"学双节棍会被打得满头包"在我们身上也没发生过。双节棍的动作都是向四周发力，没有冲脑袋来的。就算有的时候没掌握好，打到脑袋，也没起过包（疼还是疼）。因为一打到物体，棍链就会变形，使得棍子泄力。从这一点来说，双节棍的打击力还不如普通的短棍。除非增加棍重，有人把双节棍的两根棍换成两根扳手，那肯定厉害，但常用的训练棍、表演棍都很轻，杀伤力很低。我在晾被子时试过很多次，同样的力量，用双节棍打被子，被子只是一震。用同样长的竹竿打，被子就会飞起来。网上说"美国警察用双节棍当警械"，似乎言其威力大。但我一查，美国警察主要是用双节棍的链子绞住嫌疑人的手腕脚腕，以便"更安全、更富有同情心"地控制嫌疑人。

越练，双节棍的形象越没那么厉害，甚至可爱起来。我太爱用它打被子了！晒足太阳的被子，用双节棍打一遍，各种招儿都用一用，噼噼啪啪，被子蓬松了。棍链往脖子上一挂，抱着被子回宿舍，闻着被打出来的阳光味[1]，人间美事一桩。

学到足够多的招式后，我发现就连李小龙在电影里的双节棍动作也不难，就是几个最简单动作的组合。但是人家高就高在，你就算会那几个动作，也耍不出他那感觉。简单的动作让他一舞，就虎虎生风，令人不敢靠近。相比起来，现在的双节棍花样更多了，但越来越像杂耍。张开手让链子在手上转、在手指头上转、把棍子扔到天上再接住……看这样风格的耍棍，

---

[1] 网传晒被子后的"阳光味"是螨虫被太阳烤熟的香味，实为谣言。太阳的温度只能令尘螨脱水而死，不足以将其烤香。丹麦哥本哈根大学 Matthew S. Johnson 团队利用气相色谱检测了被阳光晒干的毛巾，发现其比室内湿毛巾多了几种有机化合物。其中 2- 甲基丙醛有果味、烘烤味，甲基丙烯醛有花香，2/3- 甲基呋喃有巧克力味。它们组合起来，就是"阳光味"的来源。而它们的产生，可能是由于紫外线使织物的染料、柔顺剂等分子变得活泼，与空气中的其他化合物发生了反应。

不会令人畏惧，甚至想上去踢他一脚。一踢，棍子准掉地上。我虽然也会一些这样的招数，但不爱用。双节棍还是得刚猛点儿才对。国内有个高手叫徐守波，他早期的风格大开大合，英气逼人，我很喜欢，照着他的视频学了不少动作。

每过一年，棍协的会长就要换一个，因为老会长要毕业了。权力交接的形式是"禅让制"。这很正常，总不能是"世袭制"吧。老会长在徒弟里挑个练得好的，下届你来得了。没两年就"禅让"到我了。倒不是我技术多高，是因为整个协会就四五个人。我深感责任重大，招了一大批学弟学妹（七八个人），把自己会的一点儿不剩全教他们了，大家在操场练功，我走来走去地看着，体会到少林寺方丈的快乐。

一次，武协总会长跟我说，有两个黑人留学生要来学双节棍。我还真成少林寺方丈了？！总会长当着我的面给黑人打电话，说英语，大概就是你们某日某时过来学就行了，我们已经给你们准备好双节棍了。但是他不会双节棍的英语，就用

2008 年，在南京农大"武林"留念。武林是一片供武术协会训练的枫香林。

"weapon"代替。我一听,我也不会双节棍的英语,届时不得露大怯?赶紧回宿舍查,原来是nunchaku。《牛津英语词典》载,此词音译自冲绳方言,这个冲绳词又可能来自闽南话,我继续查,闽南话里"两节棍"音近"neng tsat kun",听上去真挺像。

之后的日子里,我忐忑地等待着洋徒弟的到来。结果他们从未出现过。这不浪费感情么。

毕业前,我请学弟录下我练棍的视频,自己剪成了一个片子。想着这就是自己"习武"生涯的总结了,之后的日子除了自己锻炼,应该用不到双节棍了。

谁知在我找工作时,双节棍起了大用。读研期间,我在《博物》杂志实习了两年之久,但等毕业那年,编辑部却只计划招一名文科生。自然科学出身的我,本来以为专业对口,却一下前途未卜。正赶上《中国国家地理》杂志社要开年会,《博物》编辑部作为部门之一,开始商量表演节目。每到这时候,有点儿特长的员工就成了香饽饽。大家听说我这个实习生会双节棍,一致决定让我上台耍棍,他们在后边奏乐、伴舞。

我也豁出去了,年会当天,单棍耍一通,再从地上捡起另一根棍,双棍又耍一通,耍得周身银光护体。主编用吉他弹唱着陈涌海的《将进酒》,同事们人手一把红色的折扇(大妈广场舞款),在我两旁唰唰地展开……今天看来,这个节目堪称诡异,哪儿哪儿都不挨着。但年会节目往往越诡异越成功。

最后评选最佳节目,我脖子上挂着双节棍上台拉票,大家纷纷把投票便签贴在我身上。当晚,《博物》编辑部获得了第一名。主编是好人,趁机问社长,耍棍的这小伙子实习的时候干得不错,能不能招进来?社长大手一挥:"挺好的,朝气蓬勃。"我被破格录用。

我读了快二十年的书,读到昆虫学硕士,却以体育特长生的形式获得了杂志编辑的工作,真是世事难料。每想至此,都要喟叹:

掌握一门手艺,确实很重要。

2010年,在南京农大操场练棍。

31 岁男人的翻斗乐

我小学那会儿，九几年，北京的英东游泳馆开了个"翻斗乐"，各大媒体颇宣传了一番。

这是个新鲜玩意儿，首先名字就怪，翻跟斗有什么可乐的？其实它是个美国牌子，叫 Fun-Dazzle，Fun 是有趣，Dazzle 是眼花缭乱，搁一块儿确实不好翻译，就半音译半意译，叫翻斗乐了。

其次，这地方与众不同。以前小孩都是在露天玩，可翻斗乐是纯室内的游乐场，各种管子、网子、海洋球、滑梯，家长把孩子扔进去，自己钻去吧，不用担心下雨刮风，还能有效消耗孩子精力，家长得个休息。

我去游泳时路过这个翻斗乐，看见半透明的管道里有很多小孩的黑影，立体交叉地移动，像丰容很好的仓鼠笼。家长没带我玩过，我自己也从未想玩。我滑个水磨石滑梯就满足了，要再有个秋千，那就是顶级享受。翻斗乐被我归类为富人孩子的放纵之地。

谁能想到，20多年后，大家都在网上买东西了，商场没人去，只能指着孩子活着，类似翻斗乐这样的游乐场，是个商场就有好几个。我以为女儿会继承我的气节，对它们不屑一顾，谁知她刚会说整话，坐婴儿车里路过一个室内游乐场，眼睛就直了："这个，这个还挺好玩的！"

怎么办呢，玩吧。这个场地比较高端，海洋球都是白色半透明的，比那些五颜六色之流高了好几品。球海中央有个小台子，上设三个出气口，把海洋球放上去，球就会被气托得悬空。这种设施我之前只在中国科技馆见过，一直以为是国家核心科技。宽阔的大滑梯包着柔软的皮革，上绘小猪佩奇，我横躺着滑下去都绰绰有余，小孩更可以手拉着手组队滑下去。

我满以为女儿进去后会自己玩起来，我能像其他家长一样坐边儿上玩手机。然而场地里大孩子多，女儿胆子小，喊着："爸爸陪我，害怕。"我只能跟在她身后，她去哪儿，我就去哪儿。她爬上了大滑梯，我也上去了。我想抱着她滑下来，她不干，扭身跑进了一个黑暗的隧道。

我跟进去，原来当年那些富豪子弟就是在这样的通道里奔跑的！一切都用海绵包裹，隔一段还垂下个沙袋、大球，供小孩远踢近打贴身摔。如果我是孩子，一定要来几脚，然而此刻根本抬不起腿，因为隧道顶太矮了，我只能蹲着绕开沙袋，追上女儿。

女儿一扭头，又看到一个大管子。就像超级玛丽钻的那种，拔地而起，半空中拐个弯，接入一个巨大的蜂窝状建筑。女儿二话没说进去了，我透过透明的外壳，看她越爬越高，没有下来的意思，只好硬着头皮也钻进去。

这是我迄今为止进过的最难以名状的空间。它由一个个六边形的小房间组成，每个房间有两个洞口，可以选择钻任意一个。身处其中，无法预知最后通向哪里。似乎选错一个出口，就再也出不来了。每个房间极小，我只能像胎儿般蜷缩着，加上闺女，几乎就没地儿了。小孩们一个个爬进爬出，看到我都会愣一下：怎么有这么大一个人堆在这儿！我跟着女儿进入一个又一个六边形房间，顾不上哪个洞正确了。这些洞是为孩子设计的，我钻得相当困难。只能先把腿伸出去，然后弯曲膝盖，把上半身带出去。

在钻一个房间时，女儿先过去了，我说："你站好别动啊，爸爸来了。"女儿没听到，想帮我出来，正好我膝盖一弯，撞了她脑门。赶紧侧身挤出，她已经哭了。我抱着她缩在房间透明的一侧，给脑门吹气。左边是急赤白脸钻进钻出的孩子们，右边是外头低头看手机的家长，我感觉自己是第三个世界里的人。心中闪过一个念头：不能死在这儿！

哄好女儿之后，我说走！赶紧走！一个房间，一个房间……前面亮了，是出口吗？不是，是一个透明管道，像飞桥一样悬在3米高的半空。我非常怕自己压塌这塑料桥，但没办法，只有这一条路，硬着头皮爬吧。膝盖硌得生疼。小时候我膝盖上有肉的，现在不知为啥，净剩皮了，直接硌到骨头。

外面几个家长像看恐怖电影一样看着这座透明桥。他们无法理解，里面为什么会有一位胡子拉碴30多岁的大老爷们。如果小孩们是这根血管里流动的红细胞，那我就是一块血栓。

过了桥，又是无数的蜂巢。继续在一格格里蠕动，突然看到了前面白色的海洋球！出口！我赶紧带着女儿钻了出去。坐在球海中，空调的清风拂过脑门，恍若隔世。

蜂巢中,孩子们还在川流不息。女儿挣扎着扒开海洋球,走向蜂巢的入口,想再来一次。我一把搂住她:"别去了,爸爸玩不了这个!"

自行消失的自行车

家离单位不远不近,所以我常常骑共享单车上下班。

但是一想到自己骑的这东西叫"单车",就觉得别扭。什么叫单车,难道还有双车吗?这词儿似乎是南方来的,我小时候没人这么叫,北京人都叫它"自行车",而且一般都会吞音,变成"zíng 车"。

我爷爷平时也说自行车,只有在唱一首歌时会叫它"脚踏车"。那是我幼儿时期,他常唱给我的。歌词不像儿歌,似乎是他年轻时的一首流行歌曲:

脚踏车，像那马儿向前跑。

脚踏车，像那马儿不吃草。

你一辆，我一辆。

踏车寻春春更娇，车前看花花更好。

噔格儿里格儿隆格儿隆噔里格儿隆——

踏车寻春春更娇，车前看花花更好。

采一枝杨柳，折枝桃。

迎风吹来迎春调，得儿隆。

长大后我查了一下，这是一首民国歌曲《踏车寻春》，并且歌词和旋律都和爷爷唱的出入很大。他不但改了词儿，还加了自创的锣鼓过门儿，改完了竟比原唱好听不少。看来爷爷对骑车有更好的体会。

我学骑车的时候，听到了它的又一别名。那个晚上，妈妈第一次把我那辆小自行车后轮两侧的支撑轮拆掉，让我试着真正地骑车。她推了一把车尾,我在黑暗中歪歪扭扭地往前骑。

路的尽头有一盏路灯,灯下站着一群和我差不多大的小孩,看我过来了,有个小女孩瞥了一眼说:"两轮儿车都不会骑。"

那是我第一次被同龄人当面鄙视,非常震惊。心说我才小学低年级,这时学车不是很正常吗?我招你了吗?我回到妈妈身边时,都快哭了。迄今为止,我只从那个女孩嘴里听到过"两轮儿车"这种说法,但是印象极深。

虽然初次上路就受了打击,但终于是学会了。不过,有两种技能我始终不会。一是大撒把,就是双手全部离把,我只能单手。二是左脚蹬起车后,右脚从车后座上方扫过去,跨上车。

这第二种想必是因为心理阴影。有一次我坐在我爸车后座上,他买完菜跨上车时忘了我在后面,一个大扫腿差点儿把我抡下去。打那儿起我就不敢做这个动作了,总感觉后座上有个隐形的小孩。上车时只敢用膝盖找下巴,从前面大梁上迈腿过去。

初中我就开始骑车上学了。当时要从惠新里骑到鼓楼,路虽远，但是家里人很放心，因为一路都有宽阔的自行车道，和汽车道用树完全隔开，不用担心被撞。唯一要注意别被其他自行车剐着，因为那时骑车上下班的人太多了，整个自行车道挤得满满当当，车把挨着车把，车轮顶着车轮。

下雨时就好看了：每个人都穿着形状一样，但颜色不一样的雨衣，盖着自己，也盖着自行车。整条自行车道就像一条五彩的河，大家在铅灰色的天空下默不作声，缓缓流动，像一场怪异的游行。有些摄影师拍下过这种景象，但都是站在路边拍的。如果能身处这条河中，一边骑一边拍，一定能出传世的作品。

2002年，我上初二时，有一次学校组织参观天安门广场旁的中国历史博物馆（现为中国国家博物馆），方式很独特，不是用大客车拉过去，是让学生午饭后从学校自己骑车过去。鼓楼到天安门，是一条非常不错的骑行线路，我和几个同学草草吃完饭，赶紧蹬车走。

走平安大道，过四中，骑上北海的金鳌玉蛛桥。这座桥在

下雨时的自行车道就像一条五彩的河。

古代是汉白玉栏杆,现在是白色铁栅栏。一骑快了,栏杆便连成一片半透明的白,定睛看时又会显出根根栏杆,蓝色的湖水从白中透过来,看得我眼晕。

上了府右街。初秋的地上躺着很多还没来得及卷曲的槐树叶,被我们的车轮带飞起来。左手边是看不到头的红墙,每隔一段就有一个极大的方形门洞,武警站岗,门口不挂任何牌子。

骑到尽头,一下子进入了宽敞的长安街。当时的广场没有安检,随便走、随便骑。等到了人民大会堂门口,自行车道一下变得异常宽,感觉占了三四条车道,比旁边的汽车道还宽,而且只有我们几个人。大家一下子撒开了欢,会大撒把的就大撒把,不会的就半撒把,每个人都忘掉了卷子和年级排名,一边把车骑成大大的蛇形,一边大声欢呼:"噢!——"那一刻,所有束缚都消失了,提一下车把,就可以骑到天上去。

大学去了南京。舍友们刚刚认识,第一项集体活动就是去买车。大家都认为没自行车的大学生活是不完美的。学长建议我们去一个神秘地点买车,说那里便宜。

我们到了预定的地点,见到了卖主。他带我们拐进阴暗潮湿的小巷,钻到一间黑屋子里,打开灯,几辆旧车靠墙摆着。谁都想要新车,但怎奈这些车实在便宜,最后还是一人买了一辆。钻出黑巷,列队骑行在明亮的大街上,大家准备意气风发地开始新生活了。这时,从后面钻出一辆自行车,插进我们队伍中间,是一个憔悴的中年南京人。他一边蹬一边问我们:"这是你们刚在巷子里买的车?"

"……啊。"

"这都是偷的车。下车,我是警察。"

所以我们宿舍的大学生活是没有自行车的。

上完大学回到北京,再骑车出门,我惊讶地发现,汽车竟然大模大样地开上了自行车道。以前若有汽车胆敢这样做,一定会被自行车包围,只能龟速前进,并被所有骑车人的目光扎透。而现在路上竟没什么骑车人了,沿着马路牙子还停了一排汽车，把自行车道占了一半。就连自行车道都不叫自行车道了，叫"辅路"。

上班后，单位离家比当年学校离家近多了，母亲却开始反对我骑车上班："现在骑车出门不安全了，不像你上学那会儿了。"

今天，我骑着共享单车在各种小汽车、外卖电摩、公交车、逆行共享单车的夹缝中穿行的时候，总会想起初二在天安门广场的那一天。

开飞碟的出租司机

夜里十一点,飞机落在首都机场。我来到出租车候车点。

"几位?"

"一位。"

"那辆。"

顺着工作人员的手,我看到那辆车旁站着一个矮瘦男人,背有点儿驼,头发半长不长地盖住后脖颈子。这并不是标准的北京出租司机长相。得是那种花白寸头、脸颊下垂如于谦、法令纹把嘴勒得凸出、车里满是烟味的出租司机,才让我放心。而面前这个司机,跟我岁数差不多,三十多,不到四十,估计还得我给他导航。

我不太情愿地走过去。他站在打开的后备厢旁，看我只背了个书包，说："没行李哈？"把后备厢盖一按，跟我一起上了车。

我坐在后面看手机。他一边开车，一边有一搭没一搭地跟我说话，我也听不清楚，就嗯啊嗫是地应付。

来了个电话，好像是朋友叫他去玩，"玩什么玩，我还得开车呢。"

挂了手机，司机嗓门大了点儿，终于听清他说什么了："我朋友叫我去打台球，我才不去呢，就爱开车！"

"那您干这工作合适。"

"是啊，跟您说，我20年驾龄了。"

他才多大啊？我有点儿惊讶，放下了手机。

司机指着前面那辆车说："你看它，一直打着转向灯，半天了，后边又没车，就是不并线，还骑着线，那你打灯干吗？车是这么开的吗？"然后找了个机会超过了它，开始在高速上不断并线穿梭。

我有点儿害怕了，从未亲身体验过如此快速的并线超车，好像坐在了二环十三郎的车里。司机念叨："并线你得会并，首先要果断，第二要稳，不能让人坐车里净晃悠。第三还不能干扰周围的车，你看我超它了，但是人家不会被我吓得打轮，也不会急刹车。"

还真是，如果我现在还在看手机，根本不会意识到车在急速左右并线，刚才一路上也稳得出奇，我还以为堵车了没走呢，其实车一直在飞快行驶。

"您开得真稳啊。"

"我们当年考试就是这么考的，让你过各种各样的障碍，车里放一杯水，不能洒。"

"您考什么试啊？"

"国宾队。我跟您说，朝阳区报考的司机503名，我是第3名。比前面那个低了零点……零点几也不是。2008年奥运我参加过，APEC 雁栖湖会议什么的，都参加过。"

原来不是二环十三郎，是国宾队老司机！我踏实了。

"我是我们队里最小的。当年队里那老人儿跟我说：'去给我倒杯水去！'您猜我怎么说的？"

"怎么说的？"

"我说您要好好说'小伙子帮我倒杯水'，那行。跟我充什么大爷呢？论岁数，您比我大，论车技您差远了。咱们是司机，看的是车技，这师傅在我这儿您还真当不了！"

他越说声越大。不过说完这件事，音量又恢复了："就爱开车，跟您说吧，就爱开车。人家问我什么车好？我说十万以上的都行。有人说日本车钢板薄，您要不撞，它再薄也没事啊。路虎钢板是厚，真往墙上撞照样完蛋。关键还得看人，破车（用大拇指点点方向盘）能开出好车的水平来，我开桑塔纳您坐着跟玛莎拉蒂一样，我开玛莎拉蒂您坐着还一样。天天就得研究，把手动挡开出自动挡的感觉。朋友老叫我打台球，打那玩意儿干吗，有那工夫开车不好么……"

嘴里说着，车飞驰着。不管是加速、减速、向左、向右，身体完全感受不到，惯性在这辆车上消失了。下了高速，在离一个路口只有几十米时，突然变了红灯。司机说："像这突然变灯，说停就得停，但是不能让您感受到。踩刹车如同踩棉花。"话还没说完，车已经停稳了，我连往前微微倾斜一点儿都没有。

我坐的不是出租车，是出租飞碟。

"刚才玩半天手机，没看我开车，有点儿后悔吧？"司机坏笑着回了半个头。

快到我家小区门口了，一般我会提前几秒告诉司机停车，等停车了正好到门口。这次也是。

"您停这儿吧。"

"好嘞。"又是瞬间停住了，而且还是靠边停。离小区门还有几十米呢。

"票给您，慢走啊。"

"谢谢您,再见。"

我从车头前边过马路,司机在车里手扶着方向盘,等我过去。后面来了辆电动摩托,这条路很窄,骑电摩的过不去,烦躁地倒吸一口气:"啧嘶——"然后玩儿命按喇叭,喇叭声很尖,在深夜里格外响。出租司机在车里安静地坐着。

我过了路,身后传来汽车的发动机响:"轰……"然后是一声"唰——"从左耳传到右耳,往远了去了。

中轴线桃花源记

我单位在鸟巢体育场附近，鸟巢又在北京中轴线附近，所以每次上班，我都要穿过中轴线。

严格来说，是中轴线的北延长线。因为北京古城的中轴线，最北就到钟楼。后来城区扩大，这才北延到今天的奥林匹克公园一带。在此处，中轴线有六车道那么宽，但不走车，专供游人步行。这就显得更宽了，俨然一个狭长的广场。鸟巢和水立方雄踞中轴线两侧，真真壮观。

我都是白天经过这儿，给我的印象是夏天热、冬天冷，空旷嘛。路灯上的官方喇叭放着《北京欢迎你》之类的背景音，三三两两的外地游客，清洁工拿大夹子捡着烟头，几个保安倚着木头花坛，闲极无聊。我在悉尼见过他们开完奥运会留下的公园，也这样，宏伟，冷清。

一天，一家三口晚饭后遛弯。我突发奇想，建议往我单位那边走，让孩子看看国家级的建筑，开开眼界。太阳刚落山，鸟巢、水立方、玲珑塔都亮起了灯，女儿像一只小蚂蚁在这些庞然巨物间跑来跑去，抢过我的手机一顿拍照。不一会儿她就累了，小孩就是这样，耗电快。我带着她沿着中轴线往北走，打算拐弯回家。

走到一个路口，前面突然人头攒动，似有乐声。女儿眼睛又亮了，要过去看看。我也纳闷儿，前面虽然还是中轴线，但没有景点，怎么反而更热闹？

我们赶紧过红绿灯，进入了前面的世界。

迎面先是一群扭秧歌的，"锵锵，起锵起，锵锵，起锵起"。曾有评论员分析中国足球为何不行，说是因为巴西有桑巴，所以足球踢起来有韵律，中国都是大秧歌，于足球无益。给失败找理由，我尚未见出其右者。秧歌何辜？节奏简单但入脑，使人手脚自动。妻子和女儿指着我哈哈笑："哎，爸爸也扭上了。"坏了，动作太大让她们发现了。

往前走，是卡拉OK。他们真会找地儿，路边有几个貌似变电箱的设施，不知道他们是怎么接出电来的，不但连上了音箱，还挂起一面幕布，投上了MV画面。围观的人排着队来，一边给唱的鼓掌，一边等着轮到自己。如果人家唱的自己也喜欢，还有第二个麦克风，俩人一起唱。年轻人居多，我感觉很多都是附近写字楼里的白领，唱的歌很新，好多我都没听过。

下一个是中老年的交谊舞。一对一对，从中轴线一直延伸到旁边的桥上，全是。每当一首新曲响起，这么多人就同时切换舞步风格，看来都是常客。妻子和女儿也手拉手跳起来，女儿的胳膊差点儿把自己缠上。也不知道谁更像中老年人。

声音是很神奇的，自己能成结界。站在交谊舞处，感觉全世界都是舞曲，但走到下一个据点，没隔几米，满耳朵又是他们的音乐了。这个据点令我瞳孔放大，竟然是蹦野迪。音箱里放的是抖音上常能刷到的音乐："苏喂苏喂苏喂！嘟嘟，嘟嘟，嘟嘟喂嘟嘟……"场地四周摆着几个彩灯，把地照亮，还有大爷一边扭，一边高举着一种特殊的灯，照在地上是不断变换形状的各色亮点，也就是说大爷担任迪厅灯球的工作。这野迪场的人员就更复杂了。戴着小红帽的游客、白天在这儿拿夹子夹烟头的清洁工、年轻男女、七八岁的小胖子、小胖子的家长。大部分人明显不会蹦，只是把平时在短视频里看到的"社会摇"一个个使出来，先摇几个花手，再学几下奥特曼发光波。还有些人一看就老来，闭着眼，低着头，沉浸在自创的舞步里。如果发现有人拍他，他还会冲着镜头使几个高难度动作，抛个媚眼儿。看穿着打扮，这几位高手很像附近购物中心的导购、餐厅的厨师、会议中心的保安。白天他们各自生存，只有此刻，才是生活。

前头突然安静了许多,没音乐了,但画面别致:跳大绳的!自打中学毕业,我就再没见过这项活动。我们跳大绳是排着队跳的,跳完一个得赶紧跑,但这儿的人显然舍不得跑,冲到绳子中间就跳起来没完,第二、第三个人再冲过去一起跳,最后抽到谁腿上才算老实。一个精瘦的白胡子老人先弯着腰看了会儿,走向摇绳人,他口音很重,带比画才说清楚需求:想摇绳。摇了一会儿不过瘾,把绳头交回去,自己跑到中间跳了起来。"好!"大家鼓起掌来。

　　终于走到路的尽头,又是秧歌,不过这支队伍最豪华,几十个人排成一字长龙,画着脸儿,戴着颤巍巍的头面,穿着饱和度极高的戏服,一手耍扇子,一手耍手绢,且行且舞。配乐是唢呐,吹的调却是"雄赳赳,气昂昂,跨过鸭绿江"。队伍里一个抹着红脸蛋的大叔一边扭一边冲两个围观的男生喊:"怎么样小伙儿,学吗?不会,教你啊。"男生们吓了一跳,然后羞涩地捂着嘴,互叹:"我去,哈哈哈。"

奥运园区中轴线上的秧歌队

我兴奋地拍了很多视频，打算剪辑一下发到网上，给大家看看这个桃花源般的地方。此时我已走出了这段路，身边安静了，我也逐渐冷静下来。作为一个谨慎的博主，我习惯在发东西前预判一下网民的反应，以此决定要不要发。如果这个视频发了，会有什么评论呢？

"首都的中轴线是庄重的地方，被这帮奇装异服的人搞得乌烟瘴气！全国人民不答应！"

"现在的孩子都被短视频荼毒了，瞧那小胖子摇花手多溜，真为这帮'10后'悲哀。"

"那帮跳大绳的胆儿真大，老头说跳，还真让他跳，等摔了，又讹你们。"

"扭秧歌怎么能放这种音乐？我已举报。"

"你作为一个有影响力的科普博主，发这乱七八糟的视频想表达什么？最近社会上出了一个什么什么事，你是在影射吗？"

算了不发了。

但是刚才现场怎么大伙儿都挺高兴的呢?没见一个骂街的啊?纳了闷儿了。网上那些人,现实中都在哪儿呢?

往家走,背后传出模糊的歌声:

"你我皆凡人,生在人世间……"

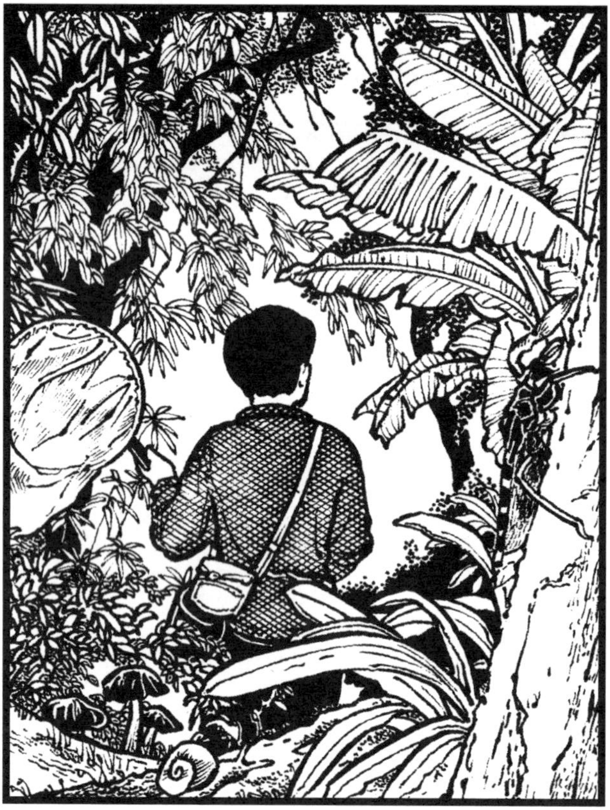

江湖远

后河的春天很晚

2018年4月24日,编辑部去延庆团建。

我完全闹不懂现在这个"团建"到底是什么意思,只要是单位同事凑齐了干点儿事,都能叫团建。有戴着头盔登梯爬高的,有唱卡拉OK的,有手拉手搞神秘仪式的。我家旁边新开了个蹦床馆,也说自己是"单位团建好去处"。反正我们这次团建,是去山里野营、踏青。我觉得挺好。同事都是自然爱好者,这种活动正合我们的意。废话,活动就是我们自己定的。

人多闹腾,人少冷清,十来个人,不多不少,有爱说笑的小姑娘,气氛就一直活泼着。有不言不语的自然观察前辈,这趟准保能学到东西。有干活儿麻利、隐藏技能一堆的野营高手，大家吃喝不愁。还有稳重的大姐、憨厚但不时蹦出段子的男同事，我觉得这趟错不了。

延庆玉渡山，我还真是第一次来，虽然是 4 月底，北京城的花都开过几拨了，可玉渡山的一切还刚冒芽，空气里有冰雪味，有嫩叶味，这种冬天加春天的混合香型，最好闻，最给人信心。

大家往林子里走。山窝里还攒着一米多深的雪，被阳光融成蜂窝状。看着雪，我觉得余光里有很艳的东西挤进来。原来旁边小山岗上，开满了迎红杜鹃。

开得太好了。我拽着小树爬上岗顶，一抬头，眼睛全被粉红色挤满，挤得我往后退了两步。

每一朵花都是极盛状态，无一朵疲惫。难道它们过几天会一起疲惫吗？反正最好的时候让我遇上了。迎红杜鹃很像东北森林里的兴安杜鹃（金达莱），但花形更开展周正，中间还有两

两朵迎红杜鹃,似在密语。

片小雀斑,怎么这么俏皮?尤其那几根花丝翘得呀,恰到好处。再弯点儿、再直点儿都不对。有两朵花挨得很近,这朵的左脸蛋蹭着那朵的右脸蛋,花丝交错在一起,似在密语。如果蚂蚁用触角交流,那这两朵花就是用花丝交流。逆光下,可以看到她俩脸上的雀斑。

认路的同事带着我们进入山谷。一条大溪在谷中央坦然流动，把石抚圆。此溪名叫后河。两岸桦树林立，恍惚不是北京。但北京本来就该是这样的。

溯溪而上，有棵大树上全是白花。有的花瓣带裂，有的不带。我以为是某种樱，北京有长这样的野生樱花？一问一查，是李。真丢人，我竟不认识李花！不过也有借口，城里都是紫叶李，几乎没有种正经李树观赏的，乡下也只在村里有。这么一说，北京好像真的没有野生的李。我怀疑这棵李是前人种的。离树没多远，果有一处人居遗迹，石头砌成的台子上，够住一两户人家。都说山多高水就多高，我看还得加一句，山多深人就能住多深。

山杏们把一面山坡变成淡粉色。其中有几棵粉得特浓，浓得突兀，定是榆叶梅。在北京，山杏开的时候，也是榆叶梅开的时候。北京城里的榆叶梅都是重瓣的，厚厚地裹住整根树枝，像新疆的红柳大烤串儿,是我不太能接受的春色。看到山里原始的单瓣榆叶梅,能接受了。

脚边石头缝里,裂叶堇菜开了。这是我最喜欢的一种堇菜。叶子裂得很好看,像把伞,花在伞底下开。花是粉色,但常常占不满花瓣,像小孩用蜡笔涂的一样,怕涂出圈,干脆别涂满,好多地方还是白的。

地上散布着几根雉鸡的羽毛,爱观鸟的同事觉得是猛禽吃剩的,大家到处找尸体。最后抬头看,树上挂着一大堆毛。看来猛禽是在树上拔毛,又带着雉鸡飞走了。

鸟毛里开出几朵白头翁。叫白头翁是因为结果时每粒果上都有长柔毛,聚在一起就像长了白发的脑袋。但现在是花,花是紫色的。形如塔檐下的铃。我小时候春游时,用傻瓜相机拍过它,站着从上往下拍的,现在看那照片毫无美感。后来学会,拍野花要蹲下来和它平视,别看只是一个下蹲,那感受便完全不一样。逆光下,花瓣边缘的绒毛闪闪发亮,勾出一个花的轮

同事在后河捡到的雉鸡羽毛

廓。小孩的脸蛋也有这样的绒毛。花轻轻抖动着,像风吹的,也像它自己抖的。俯视花,会觉得踩死它们也没什么。但平视花,立刻发现它们和你一样,也是活物。

大家在溪旁的石滩搭建了营地,我也不往远了走了,在周边溜达。石头间最多的是耧斗菜的原变种和变种紫花耧斗菜。区别是原变种的花是黄绿色,变种是紫色。我喜欢有距的花、垂头如铃的花,耧斗菜不但垂头,还有五个距,简直是五倍的快乐。家里种过园艺种,由欧耧斗菜培育的,花更大,可惜头是抬起来的。

一颗小毛球站在苔藓上,用长针嘴吸里面饱含的溪水。以前看到这种东西,我会说是绒蜂虻。现在不敢了,因为很多种类的蜂虻都是这样的毛球。所以就蜂虻科吧,肯定不会错。知道的越多,反而越不敢说话。世界那么复杂,如何一言蔽之?

水草上有两只蝎蝽,捞起来看了一眼,疑窦顿生。北京的

蝎蝽待定种和绿色蝾待定种的生境

蜻蜓科有三个属：个体长大、腿节有根刺的壮蜻蜓属，个体短小、腿节无刺的蜻蜓属，身体细长如螳螂的螳蜻蜓属。这两只是蜻蜓属没跑儿，但北京的蜻蜓属只记载一种：霍氏蜻蜓。特点是呼吸管非常短，生活在极浅的小溪流里。而眼前的这俩是在堪称河的大水体里，呼吸管相当长。

哪怕扩展到全中国，蜻蜓属也只记载了两种。另一种叫灰蜻蜓，形态也和后河这两只不符。论文里说灰蜻蜓从黑龙江到云南都有分布，这一看就有问题，应该能拆出不少新种来。可惜现在国内蜻蜓的研究很薄弱，后河这个到底是不是新种？当时拍完照就放了，找机会再去一趟，采几个标本，寄给老师研究下。

翻溪里的石头，翻出一种色蟌的稚虫，是绿色蟌属的。这又是好东西。有人在北京拍到过一种绿色蟌，雄性极美，翅是橙色的，腹部覆盖白霜，跟已知的种类都有差别，到底是不是新种，学界还未确定。这两只很可能就是它的稚虫。这趟团建

溪石下翻出的绿色蟌稚虫

没白来啊,有收获!

  一高兴就容易饿。树枝上有裂褶菌,菌褶特别多,褶上又裂出褶来。云南人叫它白参,能吃,但北京的个体太小了,还没指甲盖儿大。数数它的褶解饿吧。不行,越数越饿。

  还好同事把饭做好了,咖喱饭。找块大石头坐下,看一眼溪山,吃一口饭。我在川上曰:真香。

树枝上的裂褶菌

　　一只蜘蛛匆匆跑过,是狼蛛科,豹蛛属的。蜘蛛的名字挺有意思,狼蛛科里有好多属,都叫什么呢?学者就找了一堆狼的狐朋狗友。近的有熊蛛属、豹蛛属、獾蛛属,远的有马蛛属、羊蛛属。还有个科叫跳蛛科,民间管跳蛛叫蝇虎,因其捕捉苍蝇猛如虎。学者按这思路，给跳蛛科设置了蝇象属、蝇狮属、蝇狼属、蝇犬属。

这还算努力想过名字的。我见过的最糊弄的名字，在我硕士研究过的猎蝽科里。有一个属的拉丁名叫 *Ectomocoris*，第一个音发"哎"，就被命名为"哎猎蝽属"。还有一个属叫 *Endochus*，就叫"嗯猎蝽属"。

老傅同志讲话：搞什么搞嘛！

胡思乱想地吃完了饭，同事们又嚷嚷着钓鱼。我到处找虫摸虾当鱼饵，这帮鱼精得很，光吃不咬钩，饵料消耗惊人，把我忙坏了。想起相声里的一句话："四个人挑水供不上你们俩人喝！"最后终于钓上来了，原来是拉氏鱥，东北人叫它柳根子，是北方常见的小河鱼。鱼肚子鼓鼓囊囊的，大概是我上贡的那些虫子。摘下钩子扔回水里，慢慢消化去吧。

太阳到西山头了。回去的路上，看到一只黑绒金龟。我更喜欢它的另一个名字：东方绢金龟。它的后背有细绒，泛出丝绢和天鹅绒的光泽。白天睡觉,傍晚出来吃叶子。这只刚醒,爬上石头顶端,张开触角的鳃叶,闻着空气里的冰雪味和嫩叶味。这种冬天加春天的混合香型,最好闻,最给它信心。

青海的茶、肉和面

第一次来西宁时，西宁野生动物园的齐园长招待我。到餐厅坐下，先上了一个盖碗儿。我知道这个，北京叫八宝茶，兰州叫三泡台，有茶叶、枣啊冰糖啥的一块儿泡，甜茶。

结果服务员一掀盖儿把我吓着了，杯子里还没倒水就已经满了，顶盖儿肥！整颗的枣就有三个，带皮的梨片干，翠绿的猕猴桃片，两三颗整的核桃仁，一朵菊花，见缝插针塞满枸杞、芝麻和葡萄干。茶叶是有，但根本没机会露脸，跟底下镇压着呢。最让我震撼的是，竟然还有一颗麦丽素！是不是过分了？仔细一看，哦，不是麦丽素，桂圆。

青海的豪华版碗子

服务员倒水的技术很高，水壶点个头马上抬头，要不水就溢出来了。水在碗里都没地儿待，跟缝里忍着！我斟酌再三，把核桃和猕猴桃吃了腾地方吧，这俩也泡不出啥味来。

喝了几泡，越发觉得奇特：怎么一直是甜的呢？扒拉开上边的一看，好家伙这么老大块黄冰糖。这糖每次冲泡只融化表层一点儿，所以茶一直是微甜，恰到好处。

吃到一半出去接电话，看到走廊的桌上摆满了装好料的盖碗儿。每个碗都用保鲜膜裹着，要不裹着，那些冒尖的料全得塌了！

如此奢华的茶，西宁人却用极简的名字称呼：碗子。就跟网上有人管宝宝叫宝子，管广告叫广子一样，是毫无必要的简略，难道是为了中和茶的华丽？后来才发现，我喝的是大饭馆里的豪华版，小饭馆没有这么夸张。西宁旁边有个地方叫海东，我在那儿吃手抓肉时，老板就端上一个圆盒子，里面分四格，一格冰糖，一格茶叶，一格火烤过的红枣，一格桂圆，让我自己搭配着夹到盖碗儿里,她过一会儿就来续个水。一口手抓肉,刮一口碗子,吃完出店门,感觉自己像一头公羊,见谁想顶谁。

在北京,餐馆要卖手抓肉,菜单就会写"手抓肉"或"手抓羊肉"。但在青海,一律称"手抓"。手抓什么,是显而易见的,不必说。我点了半斤,老板来到一个大不锈钢盆前,一掀上面的屉布——肉是凉的。北京的手抓肉都是热的,一凉就起腻起膻了。但这里的我一吃,凉的也汁水充盈,盖着薄薄的羊皮,一点儿膻味没有。有人说羊肉吃的就是膻味,还有人一夸羊肉就是"有奶香"。我吃了青海的手抓,认为真正好的羊肉不应该有膻味和奶香,只应该一口咬下去,满嘴肉香。吃肉要什么奶香,直接喝奶不好么?

在玉树的一家店,我点了个西红柿鸡蛋盖饭,一碗牦牛骨汤。饭都吃完了,汤还没上。问那几个藏族厨师,他们面面相觑,明显是忘了做了。其中一位突然想到了危机公关的话术:"我们这里的牦牛汤很难喝!"给我都听没脾气了。

后来在别的地儿喝到了，有点儿像牛肉面的汤底，多少带点儿膻。还不错嘛！配个羊肉泡馍式的饼子，也是一顿。

牛肉面全国公认是兰州的正宗，青海是学兰州的。我是不管谁正宗，好吃就行。在青海吃了几家，都不错，汤咸鲜，但是喝完不叫渴，这就是好汤。要是店里同时卖酸奶和甜醅子，那也得来上。这边的酸奶表面会结一层黄色的奶皮，吃着、看着都比白的美。

甜醅子是用麦子做的酒酿，有青稞做的，有小麦做的，有莜麦做的。青稞的香。上面是甜酒，下边沉着甜麦粒。分凉的热的，我爱喝凉的。先咽下酒，一条线凉到胸口，再嘎滋一下嚼破麦粒，满口麦香。赶紧再来一口酒，把麦香送到全身。

青海的小餐厅都摆着个大保温桶，贴着二字"枣茶"，底下伸出一小龙头，自己拿杯子接。桶里要没了，老板就拎着小壶挨桌倒，绝不让你杯子空着。别看是白送的茶，但枣味十足，甜丝丝，热乎乎，是最适合青藏高原的小饮料。

也不是每家店的免费茶都是枣茶。有家给我倒的看着像枣茶，一喝是咸的。我问老板这是啥茶，老板还挺紧张："啊，这是我们这边的孬茶，喝不惯给你换普通茶？"我说没事我就问问，就喝这挺好。一边喝一边查，有人说"孬茶"意思是品质差的茶，这明显不对。青海人把熬念成孬，比如羊肉孬孬、洋芋孬孬。把 ao 念成 nao，是很多北方方言的特点。我姥姥就把棉袄说成棉脑。所以正字应该是"熬茶"，用砖茶和盐熬出来的，可以理解为酥油茶的简化版，不加奶和酥油。

每次来青海，我必吃炒炮仗。起初不懂，看到街上招牌都是"老炒炮仗"，我说这烟花爆竹的，老炒它干吗？后来走进一家饭馆，墙上大字："炮仗，舌尖上的美食。"多疼啊！一问才知道，敢情这是一种面，用刀切成段，如同炮仗长短。实际制作时没那么严格，多长的都有，也有直接用铲子一边炒一边切断的。介于汤面和炒面之间，有汤但不多，还浇上一层炒肉末，也说不上好在哪儿，但每次一饿，我第一个想到它。

2022年春天,我和朋友来玉树拍摄藏狐。车上有人高原反应,吐得昏天黑地。晚上回到玉树市里,大伙儿说赶紧给这几位点个顺口儿的。点啥呀?炒炮仗。意见出奇地统一。

过一会儿,高反的几位蔫了吧唧走进餐厅,坐下,闷头吃炮仗。不多时,碗见了底,一杯枣茶喝下去,眼睛有光了。

青海玉树炒炮仗店里的广告

海南雨林二三事

海南人太爱唱歌了！我为了拍纪录片，住在鹦哥岭的深山老林里，心说正好躲躲城市喧嚣，结果每个客栈的老板都在夜里唱歌，注意是老板，不是客人。打夜里11点唱到次日2点，还专挑《死了都要爱》《听海》这些高音歌，又没那嗓子，全劈着唱，我一晚上一晚上听大呲花。后来只能每晚都和老板说，今天只能唱到12点。为什么每天晚上都说呢？因为只要有一天不说，他们就会默认你接受他们的歌声了，然后唱到2点。这两年我去了白沙、昌江、陵水，一路歌声。到了海口，看到公园沿湖的绿地上隔一段就戳个牌子：唱歌区1、唱歌区2、唱歌区3……

在海口，公园沿湖的绿地上隔一段就戳个"唱歌区域"的牌子。

海南的大米不好，又干又粉，仅能果腹。但做成米粉就不一样了。这里有各种米粉的吃法，海南粉，后安粉，陵水酸粉，抱罗粉。基本款就叫"粉汤"，听着毫无食欲，端上来也毫无食欲，就像白开水里放一把米粉，卧个鸡蛋。可吃起来美极了！咸鲜异常，听说是猪骨汤，家家店都能熬得这么好，也是一奇。若再浇点儿蒜头油，能美一天。我在冷泉潜水拍摄冻病了，啥都不想吃，脑海中唯一浮现的是一碗粉汤。强撑着去小破店喝了碗，一身汗，好了一半。

游客来海南都要喝椰子，其实椰子在哪儿都能买到，不算什么。真正要吃的是清补凉。每次来海南，我都要吃上七八次清补凉，不吃等于没来。端上来时只是一碗白色的、冰凉的椰奶，但是拿勺一捞，里面东西多得能当一顿主食。绿豆、西米、西瓜块、百合、薏米、红枣，还有一种白色通心粉，口感有趣，我爱挑出来吃。有些店会加个鹌鹑蛋，我还吃出过小汤圆，黑芝麻馅的。海南大学夜市有个小摊"海南第一家清补凉"，料是我见过最多的，一切加满之后，扣上一大坨雪泥般的椰子炒冰，再顶一个冰激凌球。到此程度，已多料而近妖矣。

海南黎族人自古嗜槟榔，早年间在雨林中行走，看到一片槟榔林，就知黎村到了。现在槟榔值钱，种得更夸张。往深山里开车几个小时，才能找到一片没有槟榔的山坡，对雨林是很大的破坏。我在小卖部买一颗商品槟榔尝试，像在嚼甜味的树皮，嚼完，满嘴被槟榔纤维划破，第二天全成了溃疡。怪不得这东西引发口腔癌！

黎村房前屋后会种"山猪药"，这是狩猎时代遗留的习惯。他们指定几种彩叶的植物为"山猪药"，种在村里，认为这些植物可以勾引山猪（野猪）的灵魂，谁家种了山猪药，谁家就容易猎到野猪。传统的山猪药有走马胎、异色血叶兰等，我在高山云雾林还看到一种绒叶斑叶兰，叶片只有指甲盖儿大，天鹅绒质感，中脉是一条银线。一查，这竟然也是一种偏门的山猪药：五指山青介村的黎族认为，带上两片它的叶子，会容易钓到鱼。

使用最广泛的山猪药，是朱蕉和变叶木。它俩的叶片都会随着生长变色，朱蕉是从粉红变成紫色，变叶木更是每片叶子颜色都不同。黎族男人一旦发现某个叶片变色，就认为野猪被勾引来了，精神抖擞地摘下这片叶子套在猎枪上，立刻进山。

有趣的是，朱蕉和变叶木都不是海南雨林的原生植物，而是从南洋引进的观赏植物。据民族植物学学者的采访，它们最初是由一些走出大山的黎族老人，从乡镇公园、绿化带里挖回来的。村民看它们叶片斑斓异常，立刻将其奉为新的山猪药，甚至取代了传统山猪药的地位。也就是说，这两种著名的"山猪药"，历史只有几十年，和汉族过年时福字倒贴一样，乍一看似有几百年历史，其实都是新民俗。禁猎后，这些植物在黎村回归它们的本来用途，又成了观赏植物。

直到 2003 年左右，海南还有相当一部分黎族人在刀耕火种。

他们选定一片河边的缓坡,把小树砍掉,大树保留树干、砍掉树冠,枝叶堆在地上晒干后放火去烧。烧后不耕而种,直接戳坑埋种子,种出的水稻叫"山栏稻"。用这种米酿的酒叫山栏酒,在当地是上等酒。聚会时,黎族人围着酒坛蹲一圈,坛中插一根竹管,大家共用此管吸酒,或一人一管,围而吸之。此法曰"唖酒",极具古风。仰韶文化出土过一种尖底瓶,以前人们以为是打水用的,近年有学者分析其残留痕迹,推断可能就是用来酿酒、唖酒的。

接待我们的保护区工作人员,都是黎族,个个都姓符。我说央视当年满大街问"你幸福吗?"应该采访你们。他们说,现在不能毁林打猎了,国家公园也成立了。但也出现了新问题。一种叫金钟藤的植物在雨林里泛滥,到处攀爬,覆盖住所有树的树冠,最终把树盖死。"我昨天去那边林子里除金钟藤了。""啊?那么深的林子都有?""有!那边的藤都有这么粗(比碗口)了。真的是难搞。你看,这边也有,都长到路上来了！"这是我在赶路时，车上两位保护人员的对话。

其中一位老师，20世纪90年代就在海南雨林工作。他问我："你有没有觉得现在昆虫特别少？我十多年前开车去某保护区，一路车玻璃上撞死多少虫子！现在同样一条路，车玻璃干干净净的。"

"是啊，昨天我在山里灯底下也没看到几个虫子。"

"就那个灯，以前虫子多死了！到底因为什么呢？"

"谁知道呢。"

另一位老师指着路边的草："水鹿也没了，你看这一路多么好的草，没有鹿来吃！这不是很奇怪吗？真的是。"

说水鹿的这位老师，常年在保护区抓捕盗猎、盗采者。"前两天堵到一个小子，挖了20多斤美花石斛！"他讲了很多往事。"九几年的时候我抓了一个小子，他打电话叫人，然后来了一个社会青年，长头发，戴着墨镜，让我放人，问我知道他是谁吗？我说哦哟，你是谁哦，我管你是谁哦，这办公室就我一个人，要不你捅死我好咯。"

海南雨林最大的明星是海南长臂猿。我去了个长臂猿出没的林子，没想到是一片枫香林。"停车坐爱枫林晚""江枫渔火对愁眠"说的都是枫香。到了秋天，长臂猿坐在通红的枫叶间，那可太美了。这里的枫香个个需要两人合抱，10层楼高，难得。有人在这片林子拍到了长臂猿，在手机上放给我看。简直就是一个胳膊很长的人，在树顶上走，走着走着低头看了镜头一眼。这一眼更是人模样了。

这片林子附近，有好几棵巨大的松树。每棵树都被刮了表皮，挂个袋子接松油。我心说这种地方应该有马来胶猎蝽啊，顺树干一找还真有。一般的猎蝽用前足抱住猎物来捕食，胶猎蝽另有妙计：用前足饱蘸松油，再用大黏胳膊去粘蜂类、蚂蚁，可能是为了不让猎物蜇咬它。

几只马来胶猎蝽趴在松树伤口旁发呆，我看着它们晶莹欲滴的胳膊也发呆。雨林里的一切都和水有关，草木蒸腾出巨量的水，成云致雨，雨水砸进大地，被松树吸收，又从树的伤口流出来疗伤，再被胶猎蝽蘸到胳膊上当成武器。如果不是亲眼所见，谁能想到世界可以这样运转呢？

我和松树上的马来胶猎蝽合影。

墨脱奇闻

网上老说"墨脱"的含义是"隐秘的莲花",我一直纳闷儿。藏语就俩字,怎么翻译成汉语那么多字?后来问了一圈懂藏语的才知道,墨脱其实就是"梅朵"的另一种写法,梅朵就是花嘛,墨脱也是花的意思。当地人管墨脱又叫"博隅白玛岗",这个翻译过来才是"秘境莲花地"。

墨脱县城确实有点儿像莲花,周围一圈山,城在中间。墨脱县在藏东南,是中国最后一个通公路的县。其实1993年通过一回,县城开进一辆汽车,据记载,是辆丰田,司机的名字叫张飞。张飞胯下大丰田,闯入墨脱斩了那石锅鸡的首级,百姓箪食壶浆，想是一段佳话。结果第二天路就塌方了，那辆车再也没出去。2013年终于真正通车，不过倒霉的是，我第一次去墨脱是2012年。

那会儿我正读研，被导师派到墨脱采集昆虫。中国最完整的原始森林就在这儿，人迹罕至，到处是新种和特有种。吃饭时一只全身碧绿的蜥蜴跑进餐厅，抓起来一看，墨脱树蜥。在县城边溜达，一只绿色的竹节虫被我惊飞，大黑翅膀镶蓝边，肚子通红。这都谁配的色？一查，墨脱翠蝽。满山坡都是一种瘦高的野生芭蕉，秆子黑亮黑亮的，垂下来的花序也是黑的——墨脱芭蕉。全是墨脱开头的名字。在墨脱，不能看不起任何生物，一只虫子爬到你眼前，很可能是这个物种第一次被人类看到。

但当年进墨脱真难受！都是土路，颠得我直骂街。尤其通麦天险那一段，错车的时候，我把脑袋伸出车窗往下看，愣看不到路，直接就是奔涌的帕隆藏布，半个车轮子都悬在路外边了!

墨脱是中国的雨窝,几乎天天下雨,下雨就容易塌方。一间房那么大的石头砸到路中间,炸药炸了三回才裂开,铲车再逐块推下江,路才算通。走着走着又堵上了,一面山坡化为泥浆,碾过路面。有辆小轿车竟然想一脚油门冲过去,果然陷在当中,被泥缓缓推向悬崖。武警交通支队的铲车把它拖了出来,前保险杠都拖掉了。那也比整个车掉下去强。

有车坐还算好的,要是路烂到司机都不敢走了,就会把我们扔半道,只能背着设备徒步。五六条大瀑布挂在山壁上、贴着地长的彩虹、各色蝴蝶聚在一起喝水,这些景色都没心情欣赏了,走得我崩溃大喊。等到了背崩,我一头栽到小旅店的木板床上辗转呻吟,病了一场。

睡到天黑,被巨大的电流声惊醒,"滋——"。我说哪儿漏电了?关灯开灯拔插销,音量不变。找来找去,好像声在外头。出了屋,声又在楼下。跟师弟下楼,楼下土里有个洞,洞里有只中国最大的蟋蟀——花生大蟋，身长如同一根中指，是它叫呢。赶也赶不出，捅也捅不着，它还愈发来劲，震耳欲聋。师弟冲我耳朵喊："我去拿弹弓！"他带了个弹弓沿途打石头消遣，这下用上了。石头飞进洞，山间只剩我俩的耳鸣声。弹弓打蛐蛐儿，平生未之有也。

第二天，师弟从山里带回一个果。"师兄，这儿的野生柠檬这么大！比市场上的大一倍！"果子表面坑坑洼洼，抠破皮闻闻，确是柠檬味。切开看，皮厚得出奇，只有中间一小块是肉。切碎了泡水喝，整杯水都苦了。后来才知道，这是香橼，它和酸橙杂交后，世上才有了柠檬。

十一年后，我在墨脱路边的水果摊上又看到了香橼，这次大到让人害怕，个个跟我脸一样大。原来当地人想把香橼当成招牌水果，从外地引进了更大的品种。买了一个，再次泡水，再次苦死。有懂行的说我露怯了，不能泡水，得吃它那厚皮，切成片蘸蜂蜜吃。

如今墨脱的路已经非常好了,但我们刚到波密县城,就听说嘎隆拉隧道附近雪崩了,堵了六个小时的车。几天后经过雪崩点,路已被清出来,路边是三层楼高的雪墙。

我们的司机索朗次仁在藏东南开车多年,他说:"雪崩到来之前,人会闻到硫黄味,那是石头滚落摩擦出的味,跟着风先到了。这时候就得赶紧往山上看,赶紧跑。"也不知这说法靠谱否。墨脱的司机之间,流传着大量这类传闻。索朗给我看朋友发给他的视频,一只老虎在冰天雪地的公路边行走,画质模糊,说是在波密拍的。这种视频真伪难辨,不过也有真的,2022年山水自然保护中心安在墨脱的红外相机就拍到一只孟加拉虎,雄壮到都不像孟加拉虎,快赶上东北虎了。墨脱格林村的第一书记黄家斌给我看过另一个视频,一条两米多长的眼镜王蛇,固定盘踞在他们村口的一个位置,像看门大爷。

去墨脱采标本的学生、学者们,也有许多故事。通麦有一种爪盾猎蝽,成虫无翅,头极大,像被谁揍肿了。与国内所有爪盾猎蝽截然不同，应为一新种。我们实验室就是做猎蝽的，但去了多次，只采到了雌性。要发新种论文，必须有对雄性生殖器的描述，所以一直无果。唯有我去的时候，亲手抓到一只末龄若虫，长着明显的翅芽。这类猎蝽往往仅雄性有翅，这意味着它再脱一次皮，就有望是雄性，能发新种！我一路养着它，盼它顺利脱皮。到了墨脱县城，我把装它的盒子放在酒店房间，打开空调给它消暑，就出去采标本了，顺便还给它采了一些小活虫当食物。回酒店一看，傻了：县城停电，空调关闭，阳光暴晒，猎蝽热死。直到现在，我的师弟师妹们还是没找到这种猎蝽的雄性。

2012年，在县城与朋友吴超偶遇，他也来采标本，晚上与他去找叶螆。叶螆是拟态树叶的竹节虫，著名但罕见。手电光照到的植物上，各种竹节虫在忙活，不是在吃叶子就是在交配。两三个公的抢一个母的，有时候抢的还不是自己这个种类的母的，抢急眼了都。突然一只特别大的虫从树顶飞过，吴超大喊

"叶䗛！"一头扎进树丛。又喊："一对儿！一对儿！"声儿都颤抖了。这个颤抖一方面是因为兴奋，交配状态的叶䗛，中国没几个人见过；一方面是疼，因为他钻进的是一丛悬钩子属植物。吴超边钻边骂："我可知道它为什么叫悬钩子了！一身钩子，全悬着长，一碰就插我身上！啊！等天亮了来吃你的果，把种子都咬碎了，让你断子绝孙！"

最后，他捧着还在交配的叶䗛，龇牙咧嘴地钻出来，缓口气，亲了它们一下，放进盒子。看到目标物种就是令人兴奋。吴超说，跟他同屋的蝴蝶研究者郎嵩云，也会半夜捧出白天采到的好蝴蝶，就着月光看。

旱蚂蟥是每个来墨脱的人都要谈论的动物。这是一类陆生的蛭，在有的林区特别密集。墨脱的旱蚂蟥个儿大，比海南的大四五倍。花色还多，我见过黑的、棕的、数码迷彩的、数码迷彩加一条绿线的。进了蚂蟥区，不要碰路两边的草，因为每株草的顶端都吸着几只旱蚂蟥，感觉到有人来，全抬起脑袋伸

我在墨脱拍到的昆虫
1. 交配的叶䗛；2. 山字宽盾蝽；3. 墨脱翠蝉；4. 某种网翅蝉

长了身子去够，够到人就攀上去，吸血。我在贡日村灯诱昆虫，看到路边草里有一些竹竿，就想拿几根出来架设灯诱布。我知道这片有蚂蟥，所以跑着进去跑着出来，出来后马上检查，身上已有十多条蚂蟥！还有一只卧在肚脐眼里已经吸上了。拔下来，肚脐眼流血不止。

它吸完血，不起包，不怎么痒痒，也不用担心被传染疾病。可是它分泌抗凝血酶，它吸完走了，你这血流个没完，衣服红一大片，令人心烦。本来在野外洗衣服晾衣服就不方便，还给我们找事。一旦抓到，我们会把它放在手指间搓成球，再弹飞。倒不是我们变态，你要不搓成球，它就吸在手上，怎么都弹不走。

格林村的树王森林有一种虫子，曰"墨脱一点红"，被它咬过的地方会有一个鲜明的红点，奇痒，而且它专爱咬手指。2023年我们来此拍纪录片，摄影师深受其害。摄影时手是不能动的，它们就趁这时候咬。咬的时候我看清了，是一种蚋，即

"小咬"那类。这红点能烦人一个月！直到回到北京，每天还要挠个不停。

2023年的墨脱县城，已比很多内地县城还要繁华。当年全城仅有的一条大马路，如今淹没在无数条马路中，无法分辨。街上都是中老年游客，这在以前不敢想。以前只有年轻人才进得来。

游客最爱买的墨脱纪念品，是墨脱石锅。此锅石质软，指甲一划一道印，炖鸡汤颇佳。它是用雅鲁藏布峡谷崖壁上的蛇绿岩做的，这类岩石证明印度板块就是在这里撞上了欧亚板块，把特提斯洋挤没，挤出了青藏高原。挤剩的那一点儿海底残迹，就是这蛇绿岩。

在石锅店，还有两种纪念品。买者甚少，若不问，店家不会主动介绍。但我觉得比石锅有趣多了。其一是芭蕉种子手串。常吃的芭蕉没种子，但墨脱的野生芭蕉种子大得惊人，每颗大过玉米粒，漆黑坚硬，绝想不到来自芭蕉。我买了一串，看到

墨脱县城里售卖的"莲花叶"

它就会想起那一天。当时我在路边拍摄橙苞芭蕉,拍了两张突然意识到,这棵芭蕉的背景,是一座雪山。只有墨脱这样极大的海拔落差,才能出现芭蕉和雪山同框的奇景。

其二是莲花叶。当地的树叶被一种真菌侵染后,会长出一圈圈病斑,观之颇似莲花、玫瑰之形。墨脱世称莲花秘境,这些叶片也跟着有了含义。当地人把它们摘下来装进相框,是有趣的标本,也是含蓄的纪念。

欣赏叶片病斑的美学,在其他地方,是难被大众理解的浪漫。而在墨脱,这种浪漫变得合理。

喀什与北京之异同

我和同事到新疆喀什出差,我提前到了,每天没事就在老城里溜达,几天后同事来了,我已经跟半个本地人一样到处带他们转了。我是北京人,在喀什有种奇特的感觉:这里竟然跟北京很像。

喀什的胡同非常多。主干道再闹腾都没事,只要一进胡同,就安静下来。不过喀什市第一小学放学以后,就热闹了。每条胡同里都是浓眉大眼的小孩。他们最爱踢球,甭管多窄的胡同,哪怕就俩孩子,也得踢一个正正经经的足球,没有拿瓶盖糊弄的。躲了一天太阳的大人也出来了,有给孩子扒一光屁溜儿洗

放学后在喀什古城里踢球的孩子

澡的，有给花浇水的，有浇完了花坐下来，看着花上的夕照发呆的。

喀什人种的花也是北京人常种的，五叶地锦、石榴、天竺葵、夹竹桃、紫茉莉。不过北京的石榴是种地里，喀什的石榴都种在盆里。他们好像不时兴地栽花卉，什么都种在盆里，门口一溜盆。院子里也几乎不种树，老城大树极少，有些大街用榆树当行道树，还有些犄角旮旯长出几棵桑树，但长得都不够大。爬到房顶上俯瞰，全是土房子的黄色。北京老城就不一样，门口大槐树，院里大石榴大海棠大柿子大枣，站房顶上往远看，看见的是一片森林。

倒有一种树，喀什比北京种得好：无花果。这东西从地中海那边过来，喜欢干热。喀什人往大盆里立一棵，填上黄土，就一树一树地结糖包子。

北京夏天最舒服的状态，就是白天晒一天，傍晚来块黑云下场雨，赶在太阳落山前下完，临了儿让太阳露一面儿，闻着水汽儿看彩虹。喀什也是每天太阳西斜就开始上云彩，一会儿就阴下来了，但这里太干了，雨没有几次下成功的，到半空就蒸发回去了，地上只迎来一阵妖风，飞沙走石。各家店铺就慢悠悠出来一两个男的，拽紧遮阳伞、遮阳棚，收都懒得收，反正刮个半小时就停了。

北京胡同里最好看的是门，所有给外人看的、美学上的东西，都堆在门上。穷有穷装法，富有富装法。喀什也是门好看，是偏西式的木门，拱形的、方形的、围一圈几何砖雕的、嵌金色铆钉的。用色十分大胆，天蓝、抹茶绿、大红、粉红，跟土墙一对比，意外地好看。在喀什想拍点儿好照片，离不开这些门。

爱养鸽子，是喀什人和北京人最大的相似。全国以此爱好出名的城市可不多。北京胡同的天际线除了树冠，就是鸽舍了。喀什老城的天际线缺了树，鸽舍就更加显眼。每天小孩放学开始踢球的时候，鸽子也开始在天上盘旋。维吾尔族养鸽子是有

喀什人种的花也是北京人常种的，五叶地锦、石榴、天竺葵、夹竹桃、紫茉莉。

传统的，还产生了好多谚语，比如"养鸽子的想抓鸽，赌棍想赢钱""谁抓住鸽子，鸽子就归谁"。北京人爱在鸽子身上绑鸽哨，飞起来嗡嗡嗡嗡，是最能代表老北京的声音。新疆也有鸽哨，但我观察了几天，没听到喀什的鸽子飞起来有哨声。可能我看的那几群恰好主人没有绑吧。

喀什老城有个大叔，把鸽子笼摆在了胡同口，他养的是观赏鸽，常放出几只球胸鸽、扇尾鸽让它们在地上走。球胸鸽腆胸叠肚，脚面盖着墩布一样的长毛。扇尾鸽的尾巴一直开着屏。我把它们当成路标，只要看到这一地鸽子，就知道回自己的民宿该怎么走了。

北京人养鸽子纯为玩，从来没想过吃。喀什人玩鸽子不耽误吃鸽子。满街都是鸽子餐厅，我最爱去一家"凯麦尔丁蓝鸽子店"，断句要断对，蓝鸽子是这边人爱吃的一类肉鸽。一只胸肉嫩得像鸡腿肉的鸽子，趴在鹰嘴豆上，配碗清香的鸽子汤细面和抖搂一下皮就掉下来的辣羊蹄，下半辈子到哪儿，我都忘

喀什古城里的鸽舍

不了这一口儿。

北京的饭馆讲究老字号,喀什也是,但不按年算,按代算。"七代烤肉店""三代鸽子汤店""爷爷的爷爷的爸爸的馕"这样的店名到处都是。我还见过"三加一代凉粉店",带算数的。新疆的店名常因为维译汉时不够信达雅而显出奇特的喜感。"劳累鸽子汤店""开心的吃凉皮店""喀什市紧迫感蔬菜商店""找到了化妆品店""情系饭馆""如释重负牛肉拉面""父之梦卖肉店"……在喀什逛街,能逛乐了。

有一次我吃烤串,隔壁坐着几位雄鹰一样的维吾尔族男人。他们本来安安静静吃得挺好,突然间一齐站起来,冲出餐厅,还互相拦着,把同伴往身后推。我以为地震了,心说这帮人真是酒肉朋友,出事了这么没义气。

等他们全出去了,我透过玻璃才看明白,老板在外面烤鸽子,他们抢着结账去了。这一点跟北京男人也像。

云南吃饭的乐子

干我们这行,云南少去不了。生物丰富,人跟生物之间还有好多文化,甭管是写文章、自然摄影,还是拍科普视频,一年怎么也得去个几次。去了,不能不吃饭。这么多年,吃出不少乐子。

在云南的饭桌上,如果冷场,聊菌子错不了。每个人都有一肚子吃菌中毒的逸事,大部分都来自见手青。见手青是兰茂牛肝菌、玫黄黄肉牛肝菌等几种牛肝菌的统称,用手一按,菌肉里的酸类、酶类释放出来,迅速氧化,由黄变青。如果没做熟就会中毒,导致"小人国幻视症",可以看到很多活泼的小人儿。我问过很多云南人,小人儿具体长什么样?没人说得清。我所知最靠谱的,是北京安定医院记录的两个见手青中毒病例:一位患者的视野内全是不及33厘米(估计患者原话是一尺)的小人儿,穿红戴绿,活泼调皮,患者能听到他们在说话,还有五颜六色的蘑菇立在小人儿之间。另一位患者则看到了小人儿的"兽化版"——无数兔子和松鼠,纷纷涌上来要咬自己。看来,每个人的精神世界不同,小人儿模样也会不同。古书里说吃青云芝、火麻仁能乘云通天、见鬼神、令人见鬼而狂走,也许就是这些幻觉。现在科学昌明,鬼神也被祛魅,降级为小人儿了。

除了小人儿,见手青中毒还有别的幻觉。我最爱跟别人讲的案例是:一对姐弟吃完见手青感觉不对,姐姐开车带弟弟去医院。遇到红灯时姐姐踩了脚刹车,弟弟哭了。因为他觉得自己变成了一杯奶茶,一刹车,奶茶洒了。这是一位云南网友告诉我的亲身经历,可信度很高,因为感觉自己或身边的物体液化，确实是致幻蘑菇造成的典型幻觉。在荷兰吃完裸盖菇的人，常有在大街上爬行的，因为觉得自己变成了一摊水，站不起来。还有新闻报道，云南一家人吃完见手青，在沙发上坐成一排划龙舟，应都属此类。

这些故事适合什么时候说？吃菌子火锅刚入座的时候。店家把火打开，先不发餐具，却在桌上立一闹钟，20分钟后响了才让吃，免得煮不熟中毒。菌子们在鸡汤里上下翻飞，大伙儿盯着锅没事干，聊这些都市传说最合适。分不清哪些案例是真的，但最好分不清，都当真的听，才有意思。这些事我在网上不能畅快地说，说了就得再加一堆话找补："大家不要尝试啊，这都是自以为做熟了才吃的，尚且如此，你故意吃生的容易出人命……"但饭桌上谁要加这些补丁啊！说！都敞开了说！还有更离谱的没有？

有的昆明人不带我吃菌子火锅，而去专门炒菌子菜的饭馆。他们说菌子火锅是新玩意儿，以前谁敢把各种野生菌搁一锅里

昆明木水花市场卖见手青的摊位

啊，中毒了都不知道哪个蘑菇干的。现在这帮菌子火锅店也没胆儿，所以选的菌几乎都没毒。什么不发餐具啊，放闹钟啊，甚至吃之前服务员盛勺汤留个样，更多的是仪式感。

北京人带你下馆子吃烤鸭，是热情招待。带你来家吃自己做的炸酱面，是最高礼节。昆明人带你下馆子吃菌子火锅，是热情招待。带你去家里花8~10分钟慢炒一盘见手青，一边炒一边不停把贴在铲子上的抖下来，是最高礼节。这样炒出来嫩、滑，还不用担心吃到粘在铲子上那片没熟的。如果再给你炒一盘青椒干巴菌，那你得给人家磕一个。干巴菌在昆明人的菌谱中算是到头了，极贵，一公斤一千元左右。极难看，如层叠的树皮。极难洗，皱褶里常有沙和松针。极好吃，牙一咬，嘎嘣儿就断，喷出香来，有森林味儿。

云南元江是干热河谷，热得人走路不敢摆臂，一摆，胳膊就要在热空气里搅和，烫。不过这气候太适合热带水果了，多到让人不知怎么吃才好。当地餐厅也是把招儿想绝了，有些菜你不搁嘴里都不知道是什么。比如有一盘里,满是黄、橙、白三种颜色的扁块。每个颜色都吃一遍,哦,黄的是杧果,橙的是咸蛋黄,白的是咸蛋白,敢情这菜是杧果炒咸鸭蛋。还有的菜搁进嘴里也未必知道是啥,就像这盘荧光紫的丝状物,撒着黑芝麻。吃着像炒土豆丝,可为什么是紫的?原来是被红肉火龙果汁染过色的土豆丝,上边的不是芝麻,是火龙果籽。还有盘菜倒是一看就认识,可令人难以置信:龙眼炒苦瓜。一个齁甜一个齁苦,炒的时候再一搁盐,能是味儿吗!一吃,嘿,不但是味儿,还特别下饭。

抚仙湖旁有荷花田。荷叶刚钻出水还卷着,尖尖角的时候,厨师给摘下来切成段,和现剥出来的莲子、河虾仁一起炒。这才叫荷塘小炒!莲子不是面的,是脆的,塞了蜜那么甜。嫩荷叶卷一咬,噗噗噗一层层裂开,荷香出来了。饮料是藕汁,不是藕粉调的,而是鲜藕放到榨汁机里榨出的汁,有荔枝味。藕粉在这儿反而不喝,偏炸着吃。把它调得特别稠,裹面包糠炸,

火龙果炒土豆丝　　　　　龙眼炒苦瓜　　　　　　　杧果炒咸鸭蛋

看着像炸鲜奶，外边是脆的，里面是溏心的藕粉。真能琢磨！

西双版纳植物园的老师知道我学昆虫出身，请我在植物园附近吃昆虫宴。蜻蜓稚虫、竹虫（竹蠹螟幼虫）、稻蝗、蚂蚁……我擦擦嘴，排出了前三名。第一是胡蜂的幼虫，就像一粒炸得刚好的猪油渣。第二是胡蜂的蛹，比幼虫皮厚点儿，香是照样香。第三是爬沙虫，也就是巨齿蛉的幼虫。看着跟大黑蜈蚣似的，但只要敢吃第一根，就会暗叫"哎？"然后夹起第二根、第三根。后来带同事来云南，我常点爬沙虫让大家尝尝，有说难看的，没有说不好吃的。

吃虫子的那个餐厅成了我们的据点，每次来版纳，植物园的朋友都请我去那儿。他们有搞科普的，有搞科研的，先熟练地点一大桌子傣味野菜，然后转着桌子跟我说：

"包牙签肉这叶子是荜拨，荜拨没听过？就是假蒟嘛。你尝，有股香味，胡椒科的。"

"这边管这个叫烤青苔，其实不是苔藓，是罗梭江里的石头

西双版纳傣寨里晾晒的"青苔"

上长的刚毛藻或者水绵。"

"吃点儿刺五加。跟东北人吃的刺五加不一样？对，东北那种才是真的刺五加，版纳这个只是因为是五加科的而且有刺，就也叫刺五加了。其实它的中文正名是刚毛白簕。"

"南山藤，夹竹桃科的，有点儿毒，也不知道让傣族怎么鼓捣鼓捣，就能吃了。"

傣族开发野菜的进取心特别强。有一种火焰树，原产非洲，几十年前引入云南当行道树，树顶开大红花，极盛时脱落一地。傣族人试着捡落花吃，没死。好，列入菜单！现在当地的菜市场上，火焰树的花很常见了。

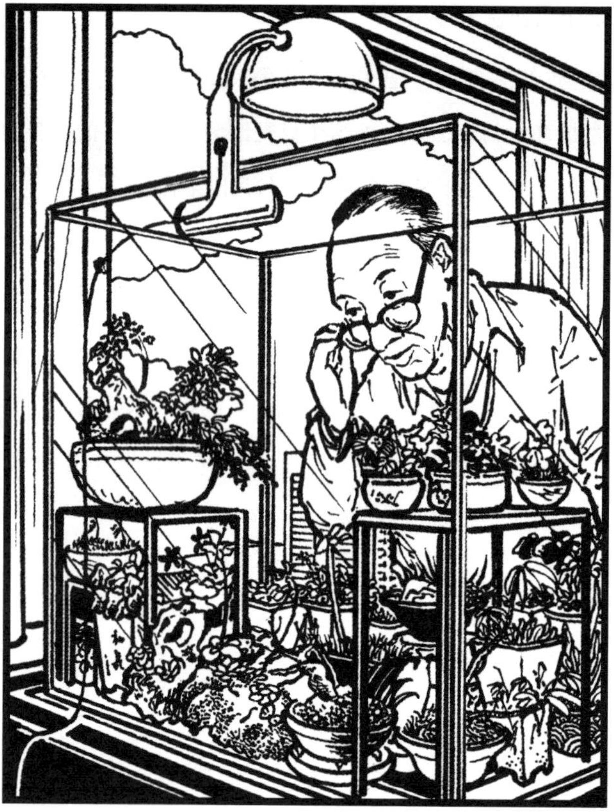

老头儿

姥爷的花盆

媳妇收拾家,翻出五六个很小很小的紫砂花盆,比工夫茶的茶盅还小。有五角形的,有四方的,有秋海棠叶形的。我一看,是姥爷很多年前给我的盆。

那时他把这几个盆排在桌子上,对我说,这是他的一个老哥们儿要扔的,因为太小了,什么都种不了。姥爷觉得这么精致扔了可惜,就拿回来了。可他也不知道种什么,就让我拿着玩吧。彼时我十八九岁,显然过了"拿着玩"的年纪,也许姥爷是觉得,这大外孙子喜欢生物,早晚会找到合适的花种进去。

姥爷是我们整个家族唯一会养花的,其他人要么对植物没兴趣，要么就养不好。比如我爷爷，养了几十年的花，还是停留在"把死金鱼埋在花盆中等于施肥"的水平。姥爷不一样，他虽然也会用一些土办法，但不离谱。比如在盆土里埋几个鸡蛋壳，摆点儿橘子皮，当时根本也没有洋办法，没有缓释肥，没有腐殖酸，没地儿买阿维菌素，埋鸡蛋壳已经是前沿科技了。

姥爷的花养得干净。叶子被擦得油亮，盆上没有一个泥点子，就连放盆的窗台，逆着光看都没灰没土，放着他的眼镜盒。

姥爷种花用的是田园土，容易板结，所以他会给表层松土。这一点我非常佩服。首先是那个松土工具，是他自己做的三爪小耙子，质量之好，设计之合理，以至于如今传到我手里还在用，无一点变形。其次是松土的勤快度。我自己试过，田园土就算松得再好，浇一次水也会塌平。而姥爷的盆土无论何时去看，都是松好土的，暄暄腾腾，开花馒头一般。

有次，他主动向我透露了一个秘诀，是老街坊分享给他的："养仙人球，土得铺到和盆边几乎齐了。因为仙人球得少浇水，这么弄就逼着你少浇，多浇一点儿就溢出来了。"回想起来，这个方法算不得高明，很容易导致浇不透，花是浇必浇透的。然而在这种思想指导下，姥爷竟把仙人球也养得胖胖的。

姥爷的花不多，但个个精神。有一盆是虎皮兰，宝剑叶子立得笔管条直，暗色的虎纹是20世纪90年代的家居风情。那是最原始的虎皮兰，现在市场上几乎找不到了。现在都是金边虎皮兰，还有什么棒叶的、石笔的、矮种的，花里胡哨，养不好也好看。姥爷的那个老品种没有任何特殊的叶艺，必须养得好才好看，看的是那股子健康劲儿。

还有一盆蟹爪兰，最普通的粉色花。但是每到过年，全家都会围着看。那是蟹爪兰的花期，姥爷给它做了架子，把枝条分成几层，层层的花都开满。

然而姥爷面对那几个迷你盆时，还是束手无策。那会儿可种的花品种太少，如果在南方，还能种点儿掌上的小盆景，但是北京太干了，这么点儿土，一天就干死。

我把盆拿回来后，正赶上多肉之风兴起，就尝试用它们种多肉。可惜我玩多肉太早了，早到上网一搜景天，出来的全是《仙剑奇侠传》，所以没什么迷你品种可选。种了个花月夜，很快就长到盆子盛不下了，于是这几个盆被塞进了角落。

今年它们被媳妇翻出来，我很兴奋。因为我已经知道了适合养在这种盆里的植物：捕虫堇、姬菖蒲、姬虎耳草、皋月杜鹃、土瓶草、超级迷你岩桐。我用玻璃缸和底滤板做了个保湿保温的缸养环境，再配上专业植物灯。环境布置好，我又买来植物和土，买更多这样的小盆，种成迷你盆栽，把缸填满。

几个月后，缸里欣欣向荣，那几个小盆终于被水汽滋润，绽放出姥爷闻所未闻的花朵。他要是看到了，定会凑过脸去，把眼镜腿往下一压，目光在镜框上边闪着，皱着眉端详。他本来就有点儿像马三立，这么一来更像了。他会说："这回行了，咱家有俩人儿都会养花了！"

想到这儿突然发现，我成了我们家唯一会养花的。

我用小花盆种出的盆栽，其中一部分是姥爷的花盆。

爷爷

爷爷极喜欢说话。

三十年来，他以"咱家的事儿你得知道"为开头，一遍又一遍地向我讲述他的历史，虽然每次讲的都不一样。

不过主线还是清楚的：我家祖上从山东省平阴县逃难到北京，到爷爷小时候，已经拥有了一座很规整的四合院，地址在天坛附近的袼褙店，挨着金鱼池。当时的金鱼池不只是个地名，真的有金鱼，真的有池，是鱼贩养金鱼之处。金鱼生出的后代里，只有极少数会继承优良基因，大部分都是次品，比鲫鱼好看不了多少。次品被集中倒在几个土池子里，小时候的爷爷和伙伴们来到池旁，搅一搅水，金鱼以为是喂食，聚拢过来。大家一把抓住，拿湿手帕一包，跑回家，养起来。

新中国成立前，爷爷参加了革命，新中国成立后当上了派出所所长，管理南湖渠、北湖渠、来广营一带。

多年后，我爸参观警察博物馆时，看到一张"北平市人民政府公安局公安学校"的首届毕业照，在东岳庙照的。照片中人极多，我爸就打电话问爷爷，记不记得当时自己站哪儿。爷爷说站在一个篮球架子下面。一找篮球架，底下那个人果然就是年轻的爷爷。

这件事让我很吃惊，因为爷爷的话很少这么准确。他说的东西常常令人无法相信。

比如他说，北平和平解放前，他作为地下团员为了打入傅作义集团内部，在北海教傅冬菊溜冰，从而被请到傅家吃饭。吃的是打卤面，傅作义还给他递黄瓜。我妈悄悄跟我说："做打卤面、递黄瓜哪是傅作义干的，明明是我干的。"

他还说，当派出所所长时，他办了三件大案，其中一个是从死者的瞳孔里辨认出了凶手的脸，因为人死前最后看到的影像会印在视网膜上。当时我怎么琢磨怎么不信，后来才发现，这是电视剧《包青天》里的情节。

他又说，年轻时和同事聊天，曾当场编过一段顺口溜："屁者，乃五谷杂粮之气也。未放之前是滚上滚下，既放之后是熏己又熏人。人闻之掩鼻而去，犬闻之摇尾而来……"我上小学后，听同学也在念叨这几句，兴奋地说："这段是我爷爷写的！"获得了大家的尊敬。长大后才知道，半个中国的人都会这段。

"文革"时，爷爷被下放到密云山区。他倒不抱怨，没事就在山里抓虫子，把它们做成标本，用大头针钉在墙上。孙子有1/4的染色体基因来自爷爷，我想，我最后学了昆虫学，可能就和这1/4的基因有关。

我小时候喜欢用草茎拴上"老籽儿"（雌性碧伟蜓），在河边一边摇动，一边吹哨，以此吸引"老竿儿"（雄性碧伟蜓）。

此法名曰"招老竿儿"。爷爷得知了，跟我说他小时候也招老竿儿，但是要口念一句咒语。我起初听他说的是："老竿儿——低头，护铁儿（北京口音的'蝴蝶儿'）——梆梆！"于是就把这句写进了科普文里。爷爷看到文，更正我：应该是"老竿儿——几朵，护铁儿——帮帮！"并且解释：老竿儿和菜粉蝶都能用招引的方式来捕捉（菜粉蝶是用绳拴个白纸片去菜地里挥舞），此咒语是在祈祷招来一帮蝴蝶，和几朵老竿儿。

用"朵"来做蜻蜓的量词，我只在爷爷这里听到过。

我一岁时，奶奶就没了。是脑出血，毫无征兆。从那开始，爷爷睡觉从来没关过灯，说关了害怕，即使我陪他睡也不关。他自己一个人住了很多年，虽然我们常回来，但爷爷说得最多的一句话还是"一人儿闷得慌"。

他的屋子窗户朝东，每天清晨，阳光会照到墙上。他就用铅笔在墙上描自己的剪影，旁边写上日期和感想。我只记得有一句是"认命了！！！"最后，满墙全是他的剪影。

爷爷养鸟，鸟叫唤能让屋里热闹点儿，但是屡养屡死。他又养鱼，从金鱼到银龙，还是死，即使他总结出"鱼不能喂，一喂就撑死"的经验，依然不管用。他还养花，鱼死了就埋进花盆，说是施肥，所以花也都死了。

爷爷开始收各种瓶子，每个瓶子都灌满了水，摆满了屋里所有空地，说是给花浇水用。那些水够浇好几年花的。他还收小广告、包装纸，说当书签，到最后书签比书还多。我爸我叔一帮他收拾，他就苦笑着说："鬼子进村了。"有时给他的东西扔得太多，他还会大骂，震得玻璃都颤。

但是他没吼过我。一看到我就笑："哟！我大孙子来了！"然后拉着我开始讲自己的历史。他总问我："你记得亚运村刚建好的时候，我骑车带着你，你坐大梁上的小竹椅子上，一过立交桥的桥洞咱俩就喊：'过桥喽——'，记得吧？"

记得。桥洞里有我们俩的回音，还有迎面的风。

爷爷还带我去过很多次香山、颐和园，指着房脊上的鸱吻给我讲龙生九子,一张一张地分析长廊底下的彩画,又讲园中的哪块怪石像孙悟空,哪块像猪八戒……听他讲的人越来越多,最后我往往被挤出人堆。他总说:"你下回带一小本儿,把我说的都记下来,对你都有用。"我一直忘了带,其实带了也没用,那么多话,怎么记得下来呢?

毕业后,我进了杂志社当编辑。社里要求,编辑自己写的文章,要使用笔名。我给自己起的笔名是"嘉楠",这是我的曾用名,用这个名,爷爷才能从杂志里认出我来,别的名我怕他记不住。

每次文章登出来,我都把杂志送给爷爷。他接过杂志,都会说一句:"斯巴西吧,八依少哎!"然后自己翻译:"俄语:非常感谢。"

爷爷不当警察后,曾在俄语学院(今属北京外国语大学)学习俄文,在即将被派到苏联学习的前夕,中苏关系破裂,没有去成。

岁数大了后,爷爷跟我们住在一起了。每吃完一顿饭,他必去刷牙,逢人便张开嘴:"我32颗牙一颗没掉!"后来掉了一颗,他就改口:"我就掉了一颗!"掉了第二颗之后,他就不提这茬了。

爷爷的听力越来越不好,刚开始我们冲着他耳朵喊,后来喊都没用了,得手写。全家聚会聊天时,谁说话他就看着谁的嘴,看了半天,尴尬地笑:"我就看你们嘴动,说的什么,不知道。"

他越来越热衷拍照,我们哪怕是坐那儿发呆,他都要指挥我爸:"给我们拍下来。"当全家拍合影时,他会在相机的定时灯闪烁时说:"都乐着点儿啊!"每次拍出来,爷爷都是乐得最好的那个。

有一年,我发现他拍照时竟然不乐了。这是亘古未有之事。刚开始还以为他不高兴,后来知道是没力气乐了。

有几期杂志忘了给他,我妈说不用给了:"爷爷其实早就看不懂你写的东西了,现在他也分不出新旧杂志,每次在作者那儿找到你的名字,就合上了。"

画画成了他唯一的爱好。只要是非人的东西,什么鸟啊,飞机啊,花草啊,都画得不错。但人总是画不好。他照着手机里的照片,把我画得奇形怪状。我弟嘎嘎乐:"你在爷爷心里就这形象啊!"

我想跟他聊天,但一来他听不见,二来一旦他开始说话,我就完全插不上嘴,要没人拦着,他能把嗓子说哑了,而且总能拐到我奶奶身上,最后把自己说哭。后来也不敢跟他聊了。于是,他越来越安静。

几年后的大年三十,他只喝了两口粥。坐一会儿就说:"我困了。"我们搀他去睡觉,睡一会儿又喊人扶他起来,走回客厅,坐在我们旁边,如此数次。我跟媳妇说,爷爷也就今年了。

比我预想的还要快,一个月后再见到他,我心里忽悠一下子。本来是个胖乎乎的老头,结果肚子一直塌到脊梁骨,颧骨支棱着，嘴合不上了。拿手比画要喝水，可喝一点儿就呛着，用尽全身的力气咳嗽。

医院都不收这样的老人了，我爸和我叔好不容易联系到一家小医院，准备送他吸氧、输液。可他死活不去。我大舅出了个主意，给他写："您是高级干部，国家照顾您，请您去高干病房。"他眼睛睁大了一点儿，露出难以置信的神情。愣了会儿，点点头。

到了医院，一个上了年纪的女医生接待我们。我盯着她看了半天，发现她竟然酷似我的奶奶。赶紧看爷爷的表情，他好像并没发现这点。

在医院的第二个晚上，爷爷走了。我爸说，爷爷最后呼吸很急促，然后渐渐慢了下来，最后停止。都说人有濒死体验，会在死前看到过世的亲属。我想，爷爷呼吸急促时可能看到了奶奶。

我是个感情异常麻木的人，很少情绪波动，当我赶到医院，看到爷爷时，也没有什么感觉。当时还在想：这可是爷爷啊，我还是人吗？

三天后，我捧着爷爷的遗像站在公墓。遗像是彩色的，我爸说爷爷爱喜庆，别弄成黑白的。他穿着红毛衣，露出他引以为傲的整齐的牙，向所有看遗像的人笑着。我突然眼睛模糊了。心想，是不是我起得太早，困的？

结果我困没了两包纸巾。

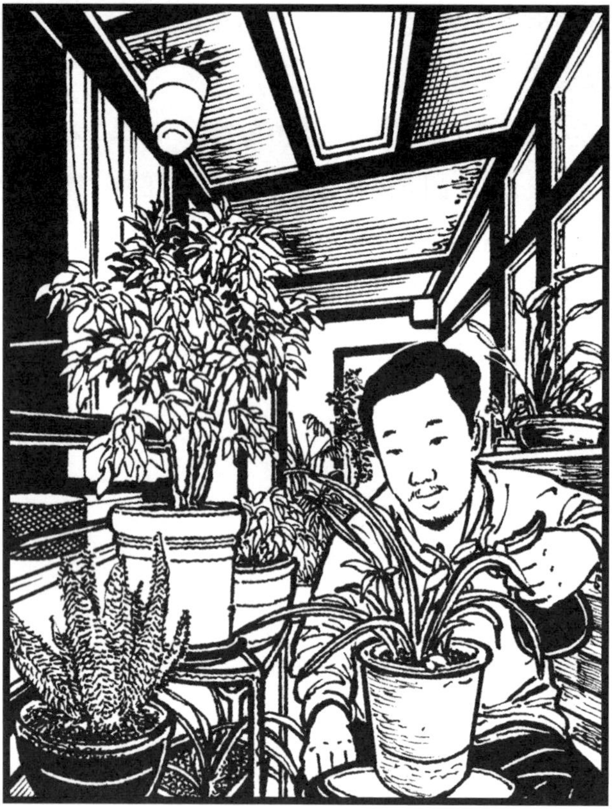

小活物

各地的桂花

北京有个地方叫木樨地。木樨就是桂花,然而桂花在北京几乎不能生长。就我所知,北京机械工业自动化研究所里有几棵一层楼高的银桂和金桂,由于所里的园林师傅酷爱探索南树北种,研究出许多树木防寒技巧,使这几棵桂花奇迹般地活了数十年。除了这样的特例,桂花在北京地栽,冬天一定会冻死。颐和园每年秋天倒有桂花展,那都是种盆里的,花谢了就搬回温室。那北京为什么会有木樨地?其实这儿本来叫苜蓿地,是明代军队种苜蓿喂马的地方。后来,苜蓿讹变为木樨。

我在南京上学的时候,常经过中山门外的苜蓿园大街。那也是明代给马种苜蓿的地方，至今没发生任何讹变，还叫苜蓿园。南京人把苜蓿讹称为木樨倒合理，因为桂花树在南京可以存活。但为什么这件事偏偏发生在北京？

一来北京人念木樨，发的正是"苜蓿"的音。二来大概是北京人喜欢桂花，觉得桂花上品。旧京菜肴里，凡是鸡蛋做主打的，菜名中都要以其他字代替"蛋"字。鸡蛋炒肉叫木樨肉，醋熘鸡蛋炒肉叫醋熘木樨（现在都写成木须肉、醋熘木须）。据说是因为以前太监是北京餐馆的大主顾，太监忌讳"蛋"字，餐馆遂改菜名。甭管真假，把蛋改为木樨，一取桂花金黄之意，二也说明桂花在人心里更有档次。

北京人爱桂花，是越得不到越爱的心态。那南方人呢？在长江流域，桂花是行道树，是庭院树，是绿篱。如此常见，是不是感情会淡？2020年，成都一家施工单位在改造老旧小区时，砍了路边20株桂花树，结果全城激愤，施工方撤职一批、书面检查一批、严重警告一批，补栽桂花树，又罚款几十万才算完。

看来，南方人不是对桂花感情淡，只是在默默享受。

我虽是北方人，但客居他乡时，也有几次好景儿是桂花给的。

在南京农大上学时，有栋男生宿舍是20世纪50年代建的，中式大屋顶，青砖作墙。紧贴窗根一排桂树，开花时，香味可入屋内。树下一条小路，夏夜有黄脉翅萤在路旁闪绿光。男生宿舍一般是集不堪之大成所在，但我去过这个宿舍，里面的学长皆沉静有礼，可称一奇。是老楼、桂花、萤火虫使他们变成了这样吧。在男生宿舍外种桂花，谁想的好主意？

刚结婚那年，去杭州看姑姑。姑姑带我和妻子走到满觉陇。路左边一排桂，路右边一排桂，树下是两条金屑铺成的小道。风一吹，香味来了，更多的金屑落在小道上。"这就是满陇桂雨，你们赶上啦。"姑姑说着杭州味的普通话。

2018年，去江苏昆山的正仪老街。一座石拱桥的桥头立着一棵金桂，怎么看怎么好。树形周周正正的，好。树叶油油亮亮的，好。小花一团团填满树叶缝，好。跟小桥搭配着，好。

我来回上下桥几次，就为把它看瓷实了。走远走近之时，香味忽浓忽淡。"凡花之香者，或清或浓，不能两兼，惟桂花清可涤尘，浓可透远"，好。

去苏州宣传新书，在平江路的礼耕堂讲座。这是一处白墙灰瓦的古宅，被改为书店。讲座后，书店主人夏姐请我到二楼，推开木窗，墨绿的树冠挤了满眼。原来小院的一半天空都被一棵大桂树覆盖。树下的青砖地上，散落着点点桂花。"我们上个礼拜刚打了一回桂花，下面接个布，从二楼咱们这个窗户伸竹竿去打。打下来做桂花茶呀，糖桂花呀，可香了。"时有老人把绿化带里的桂花打下来回家吃，弄得其他市民无花可赏，不雅。而打自家院子里的桂花，就成了极雅之事。

去日本旅游，在箱根的山间车站等车，看到一家二层小楼前有棵大丹桂，那花开的，太均匀了。一簇叶子配一团花，一簇叶子配一团花。初栽时它是房子的陪衬，现在房子成了它的陪衬。

日本人沿用中国的称呼，管桂花叫"木犀"。虽然桂花在日本文化中并不突出，但爱栽种的人也不少。一是香味迷人。桂花的拉丁文学名 Osmanthus fragrans 直译过来就是"香的香花"，足见世人皆爱其香。李渔在《闲情偶寄》里说桂花："树乃月中之树，香亦天上之香也。"天上之香，就是没有缺点的香。但李渔还真给桂花找到了一个缺点："满树齐开，不留余地。"桂花要开就是同时盛放，此时只要西风一来，不出三日就满地狼藉，没有后花接力。李渔给桂花提出建议："早知三日都狼藉，何不留将次第开？"这是中国人的思路，希望好的东西细水长流，存在久一些。但日本人就喜欢让好东西绚烂至极，再彻底消亡。如此来看，桂花的缺点到了日本却成了优点。

我固执地要在北京种桂花。听说四季桂可以盆栽种在室内，四季都开花，就买了一盆。精心莳养，却叶尖干枯而死。看园艺主播带货四季桂，喊着这东西多么多么好养，评论区一堆北方人却都骂他："胡扯！我养的叶片越来越干，死了！"我没有

日本箱根山间车站的丹桂

初栽时它是房子的陪衬，现在房子成了它的陪衬。

负罪感地放下了手机,那不赖我了。

这两年找到一款替代品:流苏树。它也是木樨科的,常作桂花的砧木,比桂花更耐寒。在华北村庄中,有许多几百年的古流苏树,桂花秋天开,它是春天开。每朵花雪白,也和桂花一样是四瓣,但更大更修长。盆栽了三年,真好养,全年放在露天阳台,每年春天满树银花,但闻不到香味。直到我在国家植物园见到一条流苏树大路,白得我差点儿得雪盲症,这才闻到了,和龙井茶一模一样的味道。难怪北方山民采其花叶代茶,还叫它"茶叶树"。

这还差不多,身为桂花的亲戚,若无半点儿香味,实在说不过去。

国家植物园的流苏树

红观音竹

红观音竹，一种盆景竹子。俩特点：竹竿嫩红，像西瓜瓤那样红，常夹着绿色的琴丝纹。个别竹叶上会长出黄色条纹，衬得绿的地方更绿了。

红观音竹的竹叶比较长，按理说盆景植物的叶子越小越好，不过放在红观音竹上，倒是个优点。因为叶子长就分量大，容易半耷拉着。竹叶就得半耷拉不耷拉才有感觉。很多盆景竹因为叶片太小，都冲天杵，那就不是竹子，是草了。

市面上还有一种"日本朱竹"。竿子更红，红辣椒那样红，还有很像样的竹节，很贵，一根竿子就一百多。红观音竹便宜，常被作为日本朱竹的伪品出售。我倒是正相反，不喜欢日本朱竹。它的竿子特别竹子，叶子却冲上，特别草。搭配到一起很不合范儿。还是红观音竹有竹子味。竿子没那么红不要紧，差不多就得了。

还有个区别：日本朱竹是散生的，竹鞭在土里乱窜，在盆里长出一片林。红观音竹是丛生，在一个小范围里不停发笋，拔到高处，再如伞状散开。散开之后，再不慌不忙地、高高低低地长出侧枝，不用人修剪，自己就长得恰好。你就感觉它也有灵魂，而且这灵魂时常出窍，围着盆端详：这儿得添一笔，那儿再来两枝。然后元神归位，开始长。过几天你看吧，之前别扭的地方就顺眼了。

竹子爱水，隔三岔五要端到花洒下喷透。花洒得摇着头浇，不但是土，每片叶子也湿透为最好。尤其刚买回家时，更要在叶子上多喷雾。苗圃老板讲话："一天喷七八十次才好！"只要熬过一个月，开始长新叶了，就不用这么玩儿命地喷了。但是

不在地下乱串勾连，就站在自己的一疙瘩土上，好好长叶子。

土依然不可太干。我把它浇透后放回接水盘，还要在盘里注一两厘米的清水，让盆和土慢慢往上吸。

就这样，红观音竹还是有个别叶子干尖。没办法，苦海幽州就不是养竹的地方。不过都说竹是君子，君子不器，不但要在江南吃得开，到了塞北也得支棱起来。不在地下乱串勾连，就站在自己的一疙瘩土上，好好长叶子。每片叶子都是琢磨之后才长出来的，每片都有用。要是再给别人投下几片叶的绿荫，那就更好了。干尖儿就干尖儿吧，爆皮儿就爆皮儿吧，都不碍事的。

花叶垂榕

北京有个听着不像植物园的植物园,曰"世界花卉大观园"。由私企所建,豁大豁大的,没有什么植物学气息,一切从实用出发。各国风情的主题花园好几个,立个风车、施特劳斯拉小提琴的雕像什么的,最宜拍婚纱照。温室里单划出一大片来,种蔬菜水果,满足中国人的共同爱好。要想出园必须穿过一个大棚,里面摆满了适合家庭的小盆栽,随手拿两盆,到出口就可以结账带回家。

这样的园子,植物似乎只是个噱头了,应该是半死不活了吧?不是。它们虽然品种一般,但状态奇佳。一个个仿佛太阳穴努着,腮帮子鼓着,胳膊四棱子起筋线。每次来,我都会享受这种奇妙的反差。

有一次,在这儿的温室里,我看到一盆树,花叶垂榕。垂榕是华南和东南沿海臭大街的绿化树。经常被剪成"垂榕柱",隔离带上种一排。花叶垂榕不过是叶片多了点儿白色。但那盆花叶垂榕状态太好了,阳光照着它,皮革质感的叶片一反光,给它罩了个柔光罩。它站在我和太阳之间,逆着光看,每片叶子的白色部分都白得跟梨片儿似的,绿的部分也不是一种绿,一片叶子里能有三四种绿,绿里还嵌着白脉。花纹乱是乱,但所有叶子的叶尖都朝下垂着,又有一种整体的秩序。当时给我眼睛看失焦了,整个世界就那棵树在发光。

回来之后就想买一棵在家种。但北京想买这东西不容易。垂榕太大路货了,都是四五米高的工程苗,直接卖到南方绿化带。在南四环花卉市场倒是看到了,可惜是普通绿叶的,不是花叶的,而且比我家房子还高。倒是找到了小枝条扦插出来的

逆着光看，每片叶子的白色部分都白得跟梨片儿似的，绿的部分也不是一种绿，一片叶子里能有三四种绿，绿里还嵌着白脉。

迷你盆栽，买回家好几年，就是不往高了长，几个月长一片叶子。哎哟那个费劲哟，感觉我熬不过它。

不甘心，上网搜，从一家批发工程苗的商家那里愣买了一棵大的，种在黄泥巴里就寄过来了，洗掉大部分泥巴，换上好土，上盆。然后树就开始疯狂掉叶，每天都掉一地。我查了资料，说垂榕换了新环境就是这样的，掉完一拨会长出新叶子。我就等着，最后整树都掉光了，一撅树枝，啪！干得透透的。看来是洗根时伤根太重了。

几年后，换了办公室，我又想起了它。上网搜，发现时代进步了，已经有人专门卖室内观赏用的花叶垂榕了，还是一物一拍。挑了棵喜欢的，到货一看，时代又进步了，是用草炭土和珍珠岩种的，不是黄泥巴了。

不敢洗根，捧着放进新盆。又掉了几片叶子。同事围过来看，我赶紧说："正常的啊！垂榕刚换盆都这样，可不是我养不好，我还没开始养呢！"

我办公室里的花叶垂榕

掉叶很快停止，新叶长出。这次终于活了，就是不太茂盛。不茂盛也好，倒疏疏朗朗，有闲云野鹤的感觉。盆景里有一种树形叫"文人"，就是树干清癯独立，顶部才有些枝叶。我这棵垂榕就有点儿"文人"。只能这么安慰自己了。

有南方朋友说："我们那边不兴在家种榕树，说'容树不容人'！"我心说岂有此理，树都容得下，人不是更容得下了？

还有人说："真是搞不懂，我们路边看都没人看的树，你怎么当宝贝了？"这个嘛，没啥就想啥，好的东西都是远方的，谁都这样。但是如果没有那天那棵花叶垂榕出现在我和太阳之间，我也不至于的。

在北京养兰花

我以前是玩洋兰的，就是蝴蝶兰、卡特兰、文心兰之类。洋兰花大色艳，又好养，又便宜，北京有暖气，冬天正适合洋兰开花。国兰总感觉老气，甭说别的，就那些刻着"清香"的紫砂盆，就不属于我这个年龄段。而且国兰原生在南方，北京又干又冷，要怎么伺候才好？不知道。

一次，我买洋兰的时候顺手买了一棵杂交兰"红双喜"，是墨兰和大花蕙兰杂交的，我主要看中了它艳红的大花。到手后只有叶子，先养着吧。越看越发现，叶姿完完全全就是国兰的飘逸样子。细细长长的，先起来，再垂下，像钓到小鱼的钓竿。

每天看看它，再看看洋兰们那些歪歪扭扭、宽大粗胖的茎叶，我悟了。中国人选择养国兰是有原因的：它不开花也好看！

一盆国兰摆定，居室立添山野气。什么叫山野气？说白了就是国兰像一丛草。真正玩国兰的都爱称兰为草，我这四苗草怎么怎么样，你这个品种易草不易花（容易发新苗，不容易开花）。山里确实很多草都长得像国兰，细细长长的。一盆兰花放在家，就像裁回了一巴掌大的山野地面。

但你要真种一丛草行不行？不行！这就是国兰厉害的地方了。它像草，但高于草。它是草的理想形态。你去草堆里找去吧，找一棵姿态最美的草。费劲巴力找着了，一看什么样？就国兰那样。而且草开的花实在没品，只能称之为穗儿，插标卖儿时才用得着。而国兰要是开花，那还了得！就像亭亭玉立的少女戴上了钻石冠。你以为已经好到头了，结果还能再好。

国兰的叶片细而韧。这样就可以伸出盆外很长。植物占据了比盆大得多的一方空间，这就造成了气场。盆放置的空间可能只有碟子大，可整个气场有脸盆大。这是大部分盆栽做不到的。最妙的是，这种气场只由几条细叶构成，不会使人感到头重脚轻。

光是这盆杂交兰，就给我看出这么多感悟了。要养上几盆真正的国兰，我得美成啥样啊！赶紧查查，在北京养什么国兰合适。

春兰其实是我最喜欢的，株形小，一秆一花，是国画里最标准的兰花。但是它需要春化，也就是冬天时需要在0℃上下冻几个月才会开花。我家到处都是暖气，只能割爱。蕙兰、春剑、莲瓣兰也要春化。

烦啊！光是暖气这一条，就和大部分好国兰无缘了。还剩建兰、寒兰、墨兰。墨兰花太黑，而且叶子冲上指，不够飘逸。寒兰最近是市场新贵，名叫寒兰，却是国兰里最怕冷的，只因在冬月开花得名。这样看很适合我。寒兰叶细出挑，花开出架，花瓣细长，也是我喜欢的类型。但搜了下，没几个成熟的栽培品种，都是在赌花，连卖家都不知道开出来是什么颜色。我怀疑里面有大量的下山兰，也就是从山上挖的野兰。"我从山中来，带着兰花草"，中国人一直喜欢山采兰花，期望获得自然变异的新奇花色。国兰的野生资源因此枯竭。我可不能干这事。寒兰也先不买了。

那就剩建兰了。建就是福建，其实周边好几个省也产。建兰不用春化，四季开花，又称四季兰。对空气湿度要求也不太高，是古人培育的一大主力。至今已有大量稳定的园艺种，不用担心错买到下山兰。网上一堆北方人问养什么兰好，回答清一色是建兰。

建兰里有许多素花品种，也就是花瓣纯白无纹的。介绍素花的资料里，一般都有句话："素花无下品。"但越这样说，我越不想买。有优点就说优点，素雅、正格（形状端正）、香气怡人，都算优点。非说素花无下品，那感觉就是"实在找不到优点，但就是厉害"，北京话讲"穷横穷横的"。逛商场我觉得这衣服不好，要走，售货员在后面喊："这个好，牌子的！"我不但不会停，还会跑起来。

被这句话败了兴，先不买素花了。来一株"状元红"，很多新疆人、甘肃人在室内种它都没问题，越长越多，一开开一大串红花，好！虽然也是杂交种，但好养就行。再来一个"小桃红"，这是建兰里最最基础的入门品种，易草易花，很多人一养就是几十年，不停分盆送亲友。花朵淡绿中带粉点儿，叶尖镶金边，清幽可人。再来一盆"市长红"！我怎么跟红干上了。它是被台湾基隆市的市长培育出来的，名字难听，性状却有趣：新长出来的苗子是通红的，然后长出韭黄色的新叶，等展开后，叶色才变绿。花朵是非常纯粹的粉红色，很多贵价兰花才有这样的品相。

最后，我把一个品种"铁骨素"反反复复地放进购物车，又删除。这种是素花，但让我好想破素花戒。它的原种产自潮汕，叶子厚，如贯铁骨，根根不垂。潮汕人粗养它，混着山土

建兰"市长红",因被中国台湾基隆市市长选育而得名。

栽进破脸盆，放在院子矮墙顶上，暴晒，越晒花越多。这个脾气快赶上仙人掌了。但其他地区的人都说它离了潮汕水土不爱开花。最终，我还是决定不买铁骨素。毕竟自己在北京，不要期望过高。

收到货后，多了一个报纸包。打开一看是店家的赠品：铁骨素。得！该着我养它。

养兰花的盆我早就准备好了，没用那些贵的紫砂盆，而是一个土窑里烧出来的黑色陶盆。湿手往盆上按一下，手印马上吸没。这种盆，兰花住着爽快。

配土。先是按通用的法子，兰石加珍珠岩加火山石加发酵树皮。养了段时间，怎么不爱发苗啊？倒出来一看，肉质根一捏都空了。这叫空根，说明土太干了。我掺进去保水的植金石和泥炭，果然好使，兰花开始发苗，叶片油亮起来。

每个礼拜，我都把它们搬到浴室，用花洒浇一遍。花洒的水最细，每根叶子每粒土都有水喝。浇完之后，你就听盆里那些植金石"滋……"地叫唤，吸水呢正。把兰花们关在浴室一晚，第二天早上再搬出来，你再看，全精神了。搬进搬出的时候，兰叶有弹性地抖来抖去，如同活物。不对，兰本来就是活物。

越看越喜欢。我干脆抄起电话叫来施工队，把露天阳台封成了阳光房。这里没暖气，冬天我半夜进房一测，温度5℃左右，正好。湿度更好，竟有60%，玻璃上都是水珠。提鼻子一闻，想起了我在南京上大学时，冬天那股子湿冷味。这哪是阳光房啊，这是一个江南的小山窝。兰花在此春化，如鸟归山林，鱼入深渊。赶紧请来几株早就看上的春兰和莲瓣兰。这两类兰的叶姿不服不行，阳光一打，直接在墙上印出几张国画来。给我看得发愣，愣着愣着，眼睛失焦了。

每天看着叶子，想象着开花会是什么样。没养兰花前，我以为最开心的时刻是开花时。这可是在北京养开的国兰呀！但养了以后，我反而最享受等待的过程。好比喝茶之前，挑一罐茶叶，开盖儿，抓茶叶，放进茶壶，坐水，沏茶，等着。到此

左：杂交兰"春丽"，春兰与寒兰杂交
右：春兰"翠一品"

还没喝着茶呢,但已经高兴起来了。花心思地做着一件注定错不了的事,这就叫盼头。

有一天早上,我走进客厅,飘来一缕幽谷之香。我没有兴奋,而是欣慰。那口茶下肚后浑身通泰的欣慰。

养小虾

我喜欢养虾玩儿。

鱼也不错,但是玩的人太多了点儿。虾就不是常规宠物了,东北话和老北京话里有个词儿"隔路",意思是个别另样、与众不同。玩点儿隔路的才有意思。虾多好啊,有节肢动物的机械感,仙风道骨的长须子,又在水里,显得干净,不招人硌硬。有人怕昆虫,有人怕蜘蛛,没听说谁怕虾米的。

喜欢虾就养吧,养哪种呢?现在观赏虾种类不少,各种改良过的米虾,什么烤漆极火、黄金米、红琉璃、香吉士,够凑齐一套彩虹了。还有贵点儿的水晶虾、苏拉威西虾什么的。都不错，都好，但我最可心的，是一种土生的小虾。

我第一次见这种虾，是在老官园花鸟市场。没拆之前，那是北京最火的花鸟市场。它藏在胡同里，胡同的形状，就是市场的形状。这边是卖蝈蝈儿的，那边是捞金鱼儿的，一拐弯有个小空场，总有一鹩哥跟架子上站着，有人冲它说："你好！"它就白人家一眼："干吗呀？"

当年还没有观赏虾一说，花鸟市场有活虾也是饲料虾，喂乌龟用。饲料虾一般是"黑壳虾"，正名锯齿新米虾，形似葵花子，在京郊干净的河流中生长。我随着人流东看西看，突然一个大白水槽出现。水槽里满是清水，水底忙忙碌碌地走着很多虾，摩肩接踵的，像水外的我们。这不是黑壳虾，黑壳虾黑了咕叽的，水槽里虾的身体却透明若无，第一眼都看不出轮廓，只有头壳里跳动的小内脏、腰上的几笔细纹和两枚大眼睛，才拼凑出一只虾来。

我扒着水槽边细看。虽然虾多，但由于个个透明，水槽竟显出一种拥挤的空旷。每只虾有两根长钳,虽然细如发丝,但也是钳。有的虾挤烦了,脚一蹬地,游到半空,长须被水顶成六根弧线。透过它的身体,能模糊看到水底其他的虾。整个水槽就像一幅齐白石水墨画!不,比那还要美,齐白石的虾不透明。

我满以为此虾清绝出尘,必是京城遗老的高端玩物,结果一问,还是喂乌龟的。原来它也广泛产于北京水系,不同的是,黑壳虾产于流水,它产于静水。后来我在什刹海见过一老人往水中伸入长杆网,贴着湖边石壁一刮,拎上来,网兜里就噼里啪啦蹦起这种虾。在其他湖里,也能看到它从一根水草游向另一根水草,或者一大群站在水下的石头上,人一凑近就全转过身子拿大眼睛看你。如此常见,被喂乌龟就可以理解了。

但我觉得用它喂乌龟,不啻焚琴煮鹤。养着看多好!断断续续养了很多年,才搞清楚两件事。

第一,这种虾的正式中文名叫中华小长臂虾。长臂虾科种类很多，海里也有。在南方赶海时翻开石头，就能看到海生的长臂虾，也是这种气质。

第二，中华小长臂虾的眼睛大，俗称"大眼贼"。但好多长臂虾科的其他种类也叫大眼贼，比如齐白石画的那种虾——日本沼虾。它的胳膊更长更粗，虽然入画，但攻击力十足。万不可将其和水草小鱼同养，它会把小鱼夹住吃掉，再咔咔剪碎水草。就算把它双钳掰掉，蜕皮后又会长出来，可称清缸王。但中华小长臂虾就是老好人。它的钳子太弱，只能捡东西，抓不住鱼；也不吃水草，只吃讨厌的丝藻，省去我除藻之苦。很多人看我养它，大呼"大眼贼你都养！不怕它祸害吗？"当然不怕，这是大眼贼里难得的好贼。

今年在办公室做了个一米长的水陆缸，水里空着，又想搞点儿中华小长臂虾来养。犯懒，网购吧。一搜，这东西竟然多了个"花腰虾"的名字，论只卖，一只三块钱，还分规格呢，四厘米的、五厘米的，还什么一公一母繁殖组，岂有此理！我

我凑近观察缸里的中华小长臂虾,它们也转过身看我。

一怒之下去菜市场二十块钱买了一斤，三四百只吧差不多。对，菜市场。这东西不是喂乌龟就是喂人。买的时候老板还说呢："多来点儿吧！炸完了没多少！"

放进缸，开气泵打着气儿。虾就是这样，大量入缸时必须打气儿，而且最好冬天入缸，水冷不爱死。这下可热闹了，沙子上，石头上，站满了虾。扔进几颗饲料，闻着味全过来了，哎哟那个抢哦！抢到的赶紧往嘴里一塞，起飞，游到旮旯去吃。两只抢一颗的才逗呢，脑袋大钳子短，你们俩直接顶牛儿就得了，不行，非拿小钳子对着挠，下巴颏儿还得往上抬着，这样两边钳子才够得着。若是伸一个听诊器到水下，会听到细碎的叮叮当当吧。

刚入缸的虾，身体发白。随着状态越来越好，身体也越来越透明，有些个体还出现了闪亮的金线，这是强壮的标志。

有一次，我正在工作，阳光透过玻璃照进缸，在溪石上印出一个指甲盖儿大的彩虹。虽只有这么大，也是拱形的。虾们

经过彩虹的虾，须子也映上了彩虹。

自然不懂得欣赏彩虹,依旧匆忙往来。经过彩虹的虾,须子也映上了彩虹,须尖是红的,须根是紫的。

真好看!我多抓了些食儿扔了进去。别抢了,全都有。

白色京巴

我叔爱养狗。我十岁时,他问我:"要让你养条狗,你养哪种?"

"白京巴。"

"嗐!"他笑了,"真会给你爸省钱,净养便宜狗。那都是老太太养的。"

但我确实除了白京巴,没有更喜欢的狗了。

当时北京的街面上没有几种狗。有时会有德国黑背拽着主人出来,二位看着都不好惹。苏格兰牧羊犬也有,但我总觉得苏格兰的羊圈才是它永远的家,跑北京来做什么呢?养西施的则多半没有好好给狗打理脸部毛发，湿了吧唧的毛盖住眼，眼里全是眵目糊，看着替狗难受。

就数街上的主流狗——白京巴看着舒服。当时路上十条狗，得有七条白京巴。电线杆子上的寻狗启事里，除了白京巴我就没见过别的。这狗怎么长得这么爱人儿呢？棉花糖一样，一根杂毛没有，尾巴在后背上翻出一朵大花。大扁脸，好家伙这大扁脸，天使下凡脸着地啥样？就这样。眼角耷拉着，吐个舌头乐呵呵的，一副老好人的相。

最值钱的是它走路。非要颠儿着走，浑身蓬起的毛都跟着抖，活体舞狮子。最适合白京巴走路的背景音乐是民乐《喜洋洋》，就是变古彩戏法时常放的那个音乐。

我小时候爱白京巴爱到不行，只要在路上看到，就一定要摸一摸。它们也很友好，每只都让我随便摸，有的干脆躺下，请我挠肚子。那时候，北京似乎一下子多了很多养狗的，以退休、下岗职工为主，突然闲下来的中老年人，需要个类似孩子的东西填补心灵。便宜又可爱的白京巴是他们的首选。所以我后来看《甲方乙方》，徐帆演的大明星抱着一只白京巴，着实吃了一惊。这么有钱怎么还养这个？

京巴爱掉毛，有一次我坐出租，司机每到等红灯时，就慢悠悠地捏自己裤子上的白毛，攒一小撮，把窗户摇下来，摊开掌，像孙悟空吹毫毛一样"呼——"地吹走。这人家里一定有只白京巴。

我中学时养过一只大白兔，隔三岔五就下楼把兔子放在草地上，让它自己玩。有一回遇到个京巴，那次我见识到了京巴的实力。它闻闻兔子，兔子跑，它就追，兔子跑多快，它就跑多快。兔子急转弯，它也急转弯。兔子没辙了，往草堆里一扎，一动不动。京巴也不去扑咬，只是停住，歪头观看。我把兔子抱出来，兔子竟然叫了，张着大嘴"啊——啊——"，像驴一样。

原来京巴能跑得和兔子一样快。

也可能是我的兔子缺乏锻炼。

我上大学之后，白京巴就开始少了。起初是被博美代替。现在博美也没了，满变泰迪和比熊。见人就叫，见狗就上，跑得飞快，我目测比兔子快多了，兔子是它孙子。

为什么看不到白京巴了呢？有人说京巴爱得腰椎间盘突出，爱掉毛，加上已经形成了中老年指定用狗的印象，所以无人问津了。而泰迪不爱掉毛，又小巧聪明，成了新宠。

其实不需要理由，养宠物就是这样，一阵风一阵风的，花鸟鱼虫都如是。以前都养君子兰，后来都养多肉，过几年全玩秋海棠、蔓绿绒，没什么道理。

前段时间，我在小区里又见到一只白京巴。一个老头推个竹子绑的旧式婴儿车，里面放着菜，旁边是白京巴。狗走得比老头还慢，颠是颠不起来了，一步一步地迈着走。但脸还是可爱的样子。

岁数这么大，脸还这么可爱，算鹤发童颜吗？我远远看了两眼，去上班了。

感谢的话

此书我和很多出版社编辑谈过,没人愿意接,因为"没功能性"。现在出书讲究有用,没用的不好卖。所以感谢磨铁的段依依编辑策划出版此书,这需要魄力。

书中的插图我点名希望由翟砚军(@小民老二)老师绘制,因为我特别喜欢他发在微博上的那些画,版画风格,浓烈的二十世纪八九十年代生活情趣。没想到一邀请,翟老师欣然应允,自己的文章能被他画成画,书卖得好不好我已经不在乎了。

朱赢椿先生为本书设计了封面,这也是我不敢想的。朱老师是书籍装帧大家，他是我最喜欢的那种艺术家，师法自然又童心未泯，且与我有共同的爱好：观察虫子。我近年来直播卖书时，会按网友现场的要求，即兴画签绘，朱老师非常喜欢这些签绘，建议我好好利用。我就选了一张"藏狐解闷儿图"用在封面。此图是直播时一网友让我画的，取自我的一个"名场面"：在一部海南自然纪录片里，我介绍变色树蜥（雷公马）时说：它咬人不疼，我以前进山考察时常故意让它咬我解闷儿。结果那只树蜥在镜头前立刻咬了我，疼，而且不撒嘴。这个场景画成简笔画后很有趣，挺适合放在封面。和朱老师商量后，干脆书名都叫"解闷儿"算了。朱老师这种取材于生活的思路，为本书增色不少。

朱老师又建议，书名让我女儿用毛笔来写。他问我女儿几岁，我说六岁。他说那最好。又会写字，又不会写大人字，才有意思。我给了女儿一支毛笔，一盏墨汁，一张信笺，让她把字往大了写。过一会儿，她扭扭捏捏地把纸递给我。果然不错，大人绝写不出来。我拍下照片发给朱老师，他说："好，比书法家写得好。"

感谢朱老师的创意，以及我女儿的小手儿。

爷爷画的我

图书在版编目（CIP）数据

解闷儿：张辰亮散文集 / 张辰亮著 . -- 北京：台海出版社, 2024.2（2024.6 重印）

ISBN 978-7-5168-3791-7

Ⅰ . ①解… Ⅱ . ①张… Ⅲ . ①散文集—中国—当代 Ⅳ . ① I267

中国国家版本馆 CIP 数据核字（2024）第 027700 号

解闷儿：张辰亮散文集

著　　　者：张辰亮	
出 版 人：薛　原	责任编辑：俞滟荣
封面设计：朱赢椿	内文制作：丝　工
内文插图：老　二	P84 图片来源：视觉中国

出版发行：台海出版社

地　　址：北京市东城区景山东街 20 号　　邮政编码：100009

电　　话：010-64041652（发行、邮购）

传　　真：010-84045799（总编室）

网　　址：www.taimeng.org.cn/thcbs/default.htm

E-mail：thcbs@126.com

经　　销：全国各地新华书店

印　　刷：雅迪云印（天津）科技有限公司

本书如有破损、缺页、装订错误，请与本社联系调换

开　　本：787 毫米 ×1194 毫米　1/32	
字　　数：100 千字	印　　张：7.5
版　　次：2024 年 2 月第 1 版	印　　次：2024 年 6 月第 4 次印刷
书　　号：ISBN 978-7-5168-3791-7	
定　　价：78.00 元	

版权所有　翻印必究